Mme Juliette V Grondin

D1259342

LA TUQUE
ET LE BÉRET

LOUIS CARON

LA TUQUE
ET LE BÉRET

Les Chemins du Nord ✳

ÉDITION DU CLUB QUÉBEC LOISIRS INC.
© Avec l'autorisation des Éditions L'Archipel/Edipresse
© Éditions L'Archipel/Edipresse, 1992
Dépôt légal — Bibliothèque nationale du Québec, 1994
ISBN 2-89430-126-X
(publié précédemment sous ISBN 2-9802849-0-4) (Edipresse)
(publié précédemment sous ISBN 2-909241-17-3) (L'Archipel)

À J.-D. B.,
pour saluer l'attachement
qu'il porte
à la société québécoise.

1.

C'était un Français comme on se les imagine, nous autres, quand on veut se moquer des nos cousins, un Français frêle, le béret sur la tête, et qui parle avec ses mains. Il ne lui manquait que la baguette sous le bras, mais on ne pouvait lui demander ça, vu qu'il descendait du train en provenance de New York. Sur le quai, TiFesse Lacaille a bourré le flanc de Johnny d'un coup de coude.

— Ma grand foi Dieu ! regarde donc qui c'est qui débarque là ! Un vrai petit poulet pas de plumes !

— Il est moins pesant que ses bagages ! a tranché l'autre.

C'était en mars 1939, il faisait nuit sur Montréal et il neigeait une grosse neige molle et collante. Une neige de printemps. Un nègre s'est approché du Français.

— Porter ?

Le Français a sursauté. Il fouillait dans les poches de son paletot en regardant autour de lui.

— Porter ? Taxi ? Hotel ? insistait le nègre.

Tout ça en anglais, mais les termes sont les mêmes. C'est l'accent qui diffère. Le Français a fini par comprendre. Il a fait signe que oui et s'est mis à suivre le nègre qui poussait un grand diable de bois à roues de fer.

9

Dehors, Montréal gonflait sous la neige. Trente centimètres de flocons sur les rues, les trottoirs, les toits, les voitures. Le nègre avait aux mains de grosses mitaines de cuir doublées de mouton. Du bout de sa mitaine, il a déneigé la poignée de la portière du taxi. Pour le remercier, le Français lui a remis une pièce de vingt-cinq cents que l'autre a laissée tomber dans la neige. Ils se sont baissés en même temps pour la ramasser. Leurs têtes se sont cognées. La tuque contre le béret. Le Français a souri. Le nègre pas.

Il ne fallait pas songer à retrouver la pièce. Le Français en a donné une autre et il est monté dans la voiture pendant que le chauffeur et le porteur déposaient ses bagages dans le coffre. L'intérieur du taxi puait la fumée de cigarette. Le Français secouait les pieds. Ses chaussettes étaient mouillées dans ses souliers vernis. La neige réverbérait une lueur blafarde sur la ville.

— Where you go ? a demandé le chauffeur.

— Hôtel Windsor, a balbutié le Français qui disparaissait dans la banquette profonde.

— It's next door, a grommelé le chauffeur.

— Comment ? a répliqué le Français.

Le chauffeur n'a pas répondu. Il a passé l'embrayage en souplesse. Le moteur de la Pontiac ronronnait. Le claquement rassurant des essuie-glaces. Dans la côte, les roues ont patiné et la voiture s'est mise en travers. Le chauffeur a continué d'accélérer et la Pontiac a gravi la pente en zigzaguant d'un côté à l'autre de la rue. Le Français s'est redressé sur le bord de la banquette.

— Hell of a weather ! a encore dit le chauffeur.

10

Le Français acquiesçait. Deux minutes plus tard, l'équipage s'immobilisait devant un édifice de cinq ou six étages. L'hôtel Windsor ressemblait à un gâteau de noce. La neige garnissait les toits et l'appui de chaque fenêtre. Les globes des lampadaires disparaissaient sous une épaisse mousse d'où émanait la pâle lueur de l'ampoule. Un portier en uniforme balayait le grand escalier de pierre dont on avait recouvert les marches de madriers pour les rendre moins glissantes. Le portier planta son balai dans la neige pour venir ouvrir la portière.

— Fifty cents, réclama le chauffeur.

Le Français en versa soixante-quinze pour n'être pas en reste du pourboire, puis il replongea dans la neige jusqu'aux genoux, pendant que le portier s'emparait de ses valises. Le hall éblouissait de lumière. Tout un peuple de singes en uniformes. On emporta les valises.

— Your name, sir ?

— Ramier, Henri.

— You have a reservation ?

— J'ai câblé de New York.

Le préposé consulta un registre de cuir.

— Remi-her. O.K. ! How many nights ?

— Je ne sais pas. Quelques jours sans doute...

— Sign here, please.

Ramier parapha le registre de l'hôtel.

— Room three fifteen, annonça le préposé en tendant une petite clé plate assortie d'une languette de bakélite disproportionnée.

L'ascenseur arborait des boiseries et des cuivres flamboyants. Il était si grand qu'on aurait pu y installer un lit. Le lift-boy — sa fonction se lisait sur un écusson brodé sur son uniforme — gouvernait l'appareil à la manière d'un capitaine de paquebot. Il engagea la manette à fond, à droite, pour la ramener promptement au moment d'immobiliser l'ascenseur, sans secousse, à quelques centimètres du plancher du troisième.

— Good night, sir.

Dans la chambre, le Français dut encore affronter le porteur de bagages. Celui-ci l'attendait pour lui indiquer où se trouvaient les interrupteurs électriques et lui faire visiter la salle de bains, vaste comme une chambre de taille normale, luisante de porcelaine et de tuiles noires et blanches. Une autre pièce de vingt-cinq cents changea de main. Quand il fut enfin seul, Henri Ramier s'approcha de la fenêtre.

Il écarta la lourde tenture de velours bleu. La violente chaleur du radiateur soulevait le rideau de tulle. En bas, la rue Peel papillonnait. Les flocons dansaient dans la lueur des réverbères. Les voitures fonçaient dans la houle de neige comme des bateaux. Un marcheur affrontait la tourmente, plié en deux, une main sur le rebord de son chapeau.

Henri Ramier prit son tabac dans la poche de sa veste, un *Prince Albert* présenté dans une boîte de métal rouge et qui lui brûlait la langue depuis qu'il l'avait acheté sur le quai de la gare à New York. Un tabac d'Amérique, trop parfumé. La flamme du briquet se reflétait dans la vitre. Volutes de fumée, petit réconfort de fin de journée, au cours d'un voyage dont on se demande soudain pourquoi on l'a entrepris.

Ce soir, on serait au Guibourg, sur l'Adour, près de Riscle, dans le Gers, dans la haute maison où le peintre élabore une œuvre qui l'a déjà rendu célèbre. Célestine, la servante, poserait la soupe sur la table. Deux tourterelles, peut-être une carpe suivraient. Ce serait sans doute Firmin, le fameux contrebandier, qui les aurait apportées. Mais l'heure viendrait où la fidèle Célestine regagnerait sa chambre. Et l'on serait à nouveau seul. Eva, la bonne épouse, est morte après deux seules années de vie commune. A quoi bon rester dans le Gers ? Ramier redescendit dans le hall de l'hôtel.

Prévenus depuis New York, deux compatriotes l'attendaient, l'un établi dans l'épicerie fine, rue Saint-Laurent, l'autre professeur d'université. Ceux-là n'eurent aucun mal à reconnaître l'illustre visiteur dont les journaux reproduisaient la photo à l'occasion des vernissages à Paris et à New York. Ils s'enfoncèrent tous trois dans des fauteuils de cuir vert. On leur servit des apéritifs. Henri Ramier parlait français pour la première fois depuis son arrivée à Montréal. Voire, n'avait-il pas encore entendu l'accent canadien-français ! Déjà, l'épicier le mettait en garde.

— Ils sont susceptibles en diable ! Vous leur faites un compliment et ils vous suspectent de complaisance. Vous leur refusez ce même compliment et ils vous reprochent de les prendre de haut.

Le professeur d'université renchérissait.

— N'allez surtout pas admettre devant eux que vous ne comprenez pas ce qu'ils disent. N'attendez pas non plus que les classes supérieures fassent preuve d'une éducation plus poussée. Tous les citoyens naissent égaux dans ce pays, du moins en ce qui concerne le langage.

13

— Mais où sont-ils donc ? s'enquérait Ramier. Je n'en ai pas rencontré un seul depuis que je suis débarqué.

— C'est que vous êtes à l'ouest de la ville, expliqua l'épicier. La rue Saint-Laurent, où je tiens mon commerce, fait office de frontière. L'Ouest est anglais. Les Français sont à l'Est.

— Ailleurs, enchaîna le professeur, hors de Montréal, ils sont presque tous Français, ou plutôt Canayens, comme ils se désignent eux-mêmes.

— Vous verrez, insista l'épicier, c'est comme si vous reveniez trois cents ans en arrière, dans notre bonne vieille France des provinces. Ils ont conservé l'accent et les mœurs d'avant la révolution.

— Je pars demain, annonça Ramier. Je dois donner quelques conférences dans des collèges, des Séminaires classiques comme on les appelle ici, Québec, Trois-Rivières, Nicolet, Saint-Hyacinthe. Perspectives de l'art contemporain. Après, je pars à l'aventure. Je verrai les villes qui bordent le fleuve. Mais surtout, je veux m'engager sur les chemins du Nord. Je suis venu dans ce pays pour sortir des sentiers battus.

— Souhaitons que vous ne soyez pas trop déçu, soupira le professeur. Dès que vous quittez les rives du fleuve, il n'y a plus que des arbres, des animaux et des Indiens.

2.

La Nash s'immobilisa dans une flaque d'eau. L'homme qui les attendait s'écarta pour n'être pas éclaboussé. Un vent fou ébouriffait les arbustes du parterre devant une imposante maison de briques rouges, sur la rue principale du village de Mékinac. Il pluvinait. L'homme tenait son chapeau d'une main et tendait l'autre.

— Félix Métivier, dit-il.

Et il fit un pas en arrière. Le Français ne le quittait pas des yeux. Il ressemble à un Yankee, songea Ramier. Sa silhouette y était sans doute pour beaucoup, cette façon qu'ont les hommes grands de voûter les épaules en inclinant la tête, comme s'ils devaient constamment passer sous le cadre d'une porte trop basse. Cela tenait peut-être aussi à son chapeau, un feutre gris à larges bords. A son imperméable également, l'authentique trench avec ses épaulettes, ses bandes au poignet, sa ceinture garnie d'une grosse boucle métallique, ses boutons de cuir brun et ses grandes poches pour y fourrer des mains impatientes.

De son côté, Félix Métivier examinait franchement le Français. Ce Ramier avait des mains d'artiste mais, en même temps, la peau tannée de son visage trahissait l'amateur de nature. Et surtout, un regard franc. Félix Métivier se dit qu'il saurait à quoi s'en tenir, à propos de cet étranger, avant la fin de la journée.

— Le café, annonça-t-il, ce sera pour un autre tantôt. S'il continue de mouiller de même, les criques vont déborder. All aboard.

Et il fit quelques pas en direction de sa Packard, un paquebot monté sur roues. Trois hommes s'y trouvaient déjà.

— Suivez-nous, lança Métivier en refermant la portière. Si vous êtes capables, ajouta-t-il avec un sourire malicieux.

La Packard décolla dans un nuage de bruine. Ramier rejoignit ses compagnons dans la Nash. La petite auto rutilante fonça sur la trace de la Packard.

Henri Ramier avait repris sa place sur la banquette arrière de la Nash. En un mois, il avait découvert presque toute la province de Québec, depuis ce point d'observation. L'aventure avait commencé en avril. Le peintre faisait halte à Trois-Rivières, à l'invitation de la société Le Flambeau. Le succès de sa tournée de conférences dans les Séminaires avait fait boule de neige. On le réclamait. Ce soir-là, il devait s'adresser à la jeunesse trifluvienne. Le sujet qu'on lui avait demandé de développer l'éloignait de ses préoccupations artistiques : exalter les origines françaises des Canadiens et exciter leur intérêt pour l'histoire. Il avait accepté sans trop savoir pourquoi. Son hôte, l'abbé Albert Tessier, l'avait pris à part pour le stimuler, s'il était besoin.

— Ayez pas peur ! Fessez dans le tas ! Y sont

16

capables d'en prendre ! Ce qui leur manque, c'est de
l'idéal ! Vous en avez à revendre ! Brassez-leur le
Canayen !

Cet abbé Tessier descendait d'une lignée d'agricul-
teurs. Des hommes courts, au cou rentré dans les
épaules, au menton volontaire et aux mains puissantes. Des femmes affairées, deux ou trois enfants
accrochés au tablier, de la farine sur le bout du nez.
Des gens simples pour qui la sollicitude divine se
manifestait jusque dans la germination des pommes
de terre. Poésie brute et qui s'ignore.

Albert Tessier avait hérité de cette vénération du
quotidien. En outre, il aimait lire. Il fut prêtre. La foi
de ses parents l'y poussait. Pendant dix ans, il fut
préfet des études au Séminaire de Trois-Rivières. La
volonté d'un archevêque, le cardinal Villeneuve,
devait le lancer sur les routes. En 1937, l'abbé Tessier
devint visiteur-propagandiste des Ecoles ménagères.

L'existence même de ces institutions reposait sur
un concept probablement unique au monde. Jusque-
là, quelques rares jeunes filles accédaient aux études
supérieures, réservées, par la force des choses, aux
garçons. Les autres se contentaient du sort de leur
mère, ménagères et mères de famille à leur tour. Mais
dorénavant, grâce aux Ecoles ménagères, les Canadiennes françaises ne se lanceraient pas sans prépara-
tion dans l'accomplissement de leur mission.

On recruta les jeunes filles des campagnes pour
leur enseigner tout à la fois la littérature et la
philosophie, la couture et la cuisine. Le clergé,
initiateur de l'entreprise, ne dissimulait pas son
intention : en formant les futures mères, on assurait
la transmission des valeurs traditionnelles du Canada

français. Et le Canada français ne se concevait pas sans l'Eglise catholique.

Mais ce genre d'institution ne faisait pas l'unanimité. Des écoles où l'on apprenait à assaisonner le ragoût ! Des écoles où des jeunes filles de vingt ans s'entraînaient à langer des poupées de celluloïd ! Il y avait à cela un côté risible que d'aucuns ne manquèrent pas d'exploiter.

Pourtant, dans un reportage photographique qu'il consacra aux Ecoles ménagères, l'hebdomadaire parisien *Paris-Match* forgea, à leur sujet, l'appellation d'écoles de bonheur. La formule fut brandie comme un drapeau. On n'en continua pas moins, dans certains milieux, à dénoncer un système qui confinait les femmes aux cuisines. Ecoles de soumission et d'asservissement ! insistait-on.

A la vérité, la société canadienne-française parvenait à un tournant de son évolution. L'avenir rendrait les Ecoles ménagères caduques mais, pour l'heure, elles reposaient sur les principes mêmes qui avaient assuré la survie des descendants des Français en Amérique du Nord. Préserver obstinément ce qui avait été. Durer sans trop attirer l'attention. Cette ligne de conduite avait fait ses preuves.

En effet, selon les prévisions les plus répandues, le Canada français aurait dû se dissoudre après la conquête anglaise de 1759. Lord Durham avait prononcé une condamnation capitale : les Canadiens français sont un peuple sans histoire, et les peuples sans histoire sont appelés à disparaître.

Mais les Anglais avaient compté sans la ténacité paysanne et la rouerie du clergé. Les premiers s'enracinèrent dans le sol. Les seconds pactisèrent avec le conquérant : accordez-nous la liberté de culte et nous vous garantissons la soumission d'un peuple reconnaissant. Dans un cas comme dans l'autre, c'était priver l'envahisseur des fruits de sa conquête. Et les Ecoles ménagères célébraient, à leur façon, la victoire des vaincus.

Le cardinal Villeneuve avait donc demandé à l'abbé Tessier de réhabiliter les écoles de bonheur. Le visiteur-propagandiste se mit en route. Depuis deux ans, il parcourait la province de Québec. En avril 1939, il passa quelques jours à Trois-Rivières, où il avait ses bureaux.

Il devait présider une soirée de la société du Flambeau. Tessier avait lui-même fondé l'organisme pour aviver le zèle patriotique de la jeunesse trifluvienne. Un peintre français dont il ne connaissait l'œuvre que très vaguement, Henri Ramier, devait prononcer une conférence ce soir-là. Mû par son irrépressible impulsion, l'abbé alla trouver ce monsieur Ramier avant qu'il ne monte sur l'estrade.

— Brassez-leur le Canayen !

Ramier avait bien fessé dans le tas, comme l'autre le lui avait recommandé. Quand les applaudissements se furent tus, Tessier se précipita sur Ramier. Il le saisit aux avant-bras et le secoua en le regardant droit dans les yeux.

— Je pars en tournée pour un mois. Quatre mille milles, aux quatre coins de la province. Je vous embarque. Vous serez logé et nourri. Vous découvrirez des endroits qu'aucun Français n'a jamais vus. En échange, vous direz quelques mots. Pas des conférences. Disons des petites allocutions. Correct ?

Et c'est ainsi que Henri Ramier s'installa sur la

banquette arrière de la Nash. Saint-Jean-Port-Joli, Rivière-du-Loup, Matane, Gaspé. Un jeune homme à la grosse face lippue, il se prénommait Ernest, conduisait avec ses lunettes sur le bout du nez. L'abbé Tessier prenait place à ses côtés, à l'avant de la voiture. Cigare au bec, il lisait un bréviaire qui tressautait entre ses mains, au rythme des cahots de la route. N'y tenant plus, il refermait le livre et se mettait à chantonner, plutôt faux d'ailleurs, des airs de la vieille France où la fileuse attend un marin qui ne revient pas. Il s'extasiait souvent de la démesure du paysage.

— Batêche ! on se demande où le bon Dieu est allé chercher ses idées pour faire la Gaspésie ! Y a-tu quelque chose de plus beau au monde ?

Pour contenir son émotion, l'abbé rallumait son cigare. L'abondante fumée bleue privait momentanément le Français des splendeurs du paysage. Puis l'abbé s'endormait, la tête sur l'épaule. La Nash descendait dans des vallées où le crépuscule était déjà installé. Il s'y trouvait une ville ou un gros village. Des lampes à collerette, fichées au sommet des poteaux d'électricité, marquaient l'itinéraire. Ernest immobilisait la Nash devant la salle paroissiale. Déjà, des enfants accouraient. Cinéma, ce soir.

Car, au cours de leurs pérégrinations, Henri Ramier avait découvert qu'un autre personnage se cachait sous la soutane de l'abbé. En effet, dès que les circonstances le permettaient, Tessier retirait cette soutane pour revêtir le makinaw rouge et noir des amateurs de vie au grand air. Caméra au poing, il s'enfonçait dans des forêts sans fin. Il en rapportait des images saisissantes, un orignal traversant un lac à la nage ou un ours attrapant un poisson dans un ruisseau.

De ces instants de bonheur, l'abbé tirait des films à la gloire du Créateur et de sa réussite la plus incontestable, la nature québécoise. Il surprenait également les hommes et les femmes de son pays dans leurs occupations quotidiennes. Ses films, il les projetait au hasard de ses déplacements. Ernest agissait en qualité d'opérateur. L'abbé Tessier les commentait. Sa voix s'amplifiait alors à la dimension de celle des grands récitants. Cent souffles vibraient en même temps. Sur l'écran, parfois constitué d'un simple drap de lit, se dessinait la peine des hommes, et surtout la grande espérance. Nous sommes venus et ils nous ont conquis. Nous avons résisté et nous sommes toujours là, préparant demain.

Et le lendemain, justement, ils reprenaient la route. Un nom revenait souvent dans les propos de l'abbé Tessier. Celui de Félix Métivier.

— Batêche ! s'exclama l'abbé Tessier, c'est Félix Métivier qui m'a révélé mon royaume. Il m'a donné les clés de mon pays. Félix Métivier, il connaît la Mauricie comme le fond de sa poche.

Henri Ramier insista :

— Qu'est-ce que c'est que cette Mauricie ? Je veux bien croire que le plus célèbre Premier ministre du Québec a été et demeure votre Maurice Duplessis, mais est-ce bien suffisant pour forger le nom d'une région à partir de son prénom ?

— Duplessis n'a rien à voir là-dedans ! protesta l'abbé Tessier. La Mauricie, c'est moi qui lui ai donné son nom, et croyez-moi, je n'ai pas pensé un seul instant au Premier ministre ! Non, la Mauricie doit son nom à la rivière Saint-Maurice. Elle est grande comme un fleuve de par chez vous, la rivière Saint-Maurice ! Oubliez jamais ça dans vos prières ! La preuve ? On ne dit jamais *la* Saint-Maurice, mais bien *le* Saint-Maurice. Comme pour un fleuve !

— Vous me le ferez voir, ce fleuve qui n'en est pas un ? réclama Ramier.

— Chaque chose en son temps, tempéra l'abbé. D'abord, Félix Métivier. Le reste, c'est lui qui vous le montrera.

Toujours ce Métivier ! Et c'est ainsi qu'en cette matinée pluvieuse de mai 1939, Henri Ramier se laissait entraîner par l'abbé Tessier vers la forêt de la Haute-Mauricie. Sur la trace de Félix Métivier précisément.

3.

Des centaines de milliers de billes de bois recouvraient la rivière. Une rivière cinq fois plus large que l'Adour à ses meilleurs moments. Cette Adour si chère au cœur de Ramier, sertie dans son paysage ciselé dont chaque parcelle recomposait l'ensemble.

— La drave ! s'exclama l'abbé Tessier, en brandissant son cigare.

Il fallut d'abord expliquer le terme. Pendant tout l'hiver, des milliers d'hommes abattaient des arbres en Haute-Mauricie. On ébranchait les troncs, on les coupait en billes de douze pieds — trois mètres et demi précisa l'abbé à l'intention du Français — qu'on arrimait sur des traîneaux. Des chevaux bien entraînés les tiraient sur des pistes glacées. On empilait le bois sur la berge du premier cours d'eau. Au printemps, la fonte des neiges provoquait une importante crue. On jetait alors les billes à l'eau et on les escortait jusqu'au Saint-Maurice. Elles s'y entassaient entre des estacades, véritables trottoirs flottants destinés à contenir la mer de grumes. Le moment venu, on ouvrait les portes des estacades et le courant du Saint-Maurice entraînait les billes jusqu'à l'endroit où on les interceptait pour les récupérer, les trier et les expédier aux usines auxquelles elles étaient destinées, Grand-Mère, Shawinigan, Trois-Rivières. Les Anglais avaient mis le procédé au point. Pour le désigner, ils disaient : « To drive the wood ». Leurs engagés canadiens-français avaient arrondi l'expression en la roulant dans la fumée de leur tabac canayen. De « drive » ils avaient tiré drave. Plus personne, parmi eux, ne soupçonnait maintenant l'origine anglaise de l'expression. La drave était dorénavant l'apanage des draveurs, et pas un seul Anglais ne se serait aventuré à pratiquer un métier aussi dangereux.

— Hein ! Vous avez jamais vu ça, du bois de même ? insista l'abbé. Pas de drave, pas de Mauricie ! C'est ça qui fait vivre notre coin de pays.

Henri Ramier convenait du phénomène. Depuis qu'ils avaient quitté le village de Mékinac, en fin de matinée, le cours du Saint-Maurice suffisait à son étonnement. Des collines boisées le bordaient. Une rive escarpée et l'autre douce. La forêt à l'infini. Nulle trace d'habitation. Peut-être une cabane, de loin en loin, au détour d'un méandre, et encore n'était-ce que le refuge d'un saisonnier. Le Français pénétrait au cœur de cette nature généreuse qui avait charmé les rêves canadiens de sa jeunesse. Il ne se doutait pas de ce qui l'attendait.

Passé midi, on atteignit Rabaska. Un peu moins de cinquante milles avaient été franchis. Soixante-seize kilomètres, selon les calculs de Ramier qui n'appréciait toujours pas les mesures anglaises en vigueur au Canada français.

Le poste de Rabaska ressemblait à l'un des établissements que la mythologie du Far West avait mis en évidence. Rien que de très pratique. Des cabanes de planches brutes, des hangars et un appontement sur la rivière. Quelques familles vivaient ici, des hommes brisés par le labeur, des femmes furtives entre les cordes à linge et des enfants effrontés au regard quémandeur. La Packard s'engagea sur une passerelle et monta sur le bac qui l'attendait.

— Pas deux voitures à la fois ! protesta Ramier.

Ernest laissa éclore un sourire entre ses grosses lèvres et rangea la Nash derrière la Packard. Le pare-chocs arrière était suspendu au-dessus de l'eau. Une barque à moteur remorqua le chaland. Sa structure était si étroite qu'on ne pouvait ouvrir les portières. Henri Ramier abaissa la glace pour mesurer la précarité de leur situation.

— Vous avez remarqué, hein ! fit observer l'abbé, il n'y a plus de bois dans l'eau.

— J'en ai tant vu que je ne m'étonne pas qu'il n'y en ait plus ! répliqua Ramier.

— C'est pas ça ! renchérit l'abbé. Félix Métivier a fait fermer les estacades.

Après un moment, il ajouta :

— C'est pas le premier venu qui peut arrêter la drave ! Ça coûte des centaines de piastres de l'heure, retenir le bois. Mais Félix Métivier, il n'a qu'à lever le petit doigt.

Déjà, ils parvenaient à l'autre rive. Félix Métivier sortit le bras et fit un grand geste pour les entraîner à sa suite. L'instant d'après, ils roulaient sur un étroit chemin de terre qui s'enfonçait bien droit dans la forêt. De mille en mille, un panneau indiquait la distance parcourue. Fait inusité, un fil courait sur les branches basses des arbres.

— Le téléphone ! expliqua l'abbé en désignant le câble d'un geste du menton. Vous viendrez me dire, après ça, qu'on vit comme des sauvages, dans le bois !

Ils avaient atteint la forêt profonde. Henri Ramier avait imaginé les ramures du Nouveau Monde à la façon de Chateaubriand, pins démesurés, chênes séculaires, futaies solennelles. Rien de tout cela ici. Ils s'enfonçaient plutôt dans un fouillis de bouleaux tordus et d'épinettes maigrelettes que le peintre s'entêterait, jusqu'à la fin de ses jours, à désigner du nom de sapinettes. Un paysage maigre et griffu. Il ne devait pas faire bon s'égarer en ces lieux.

Ramier frissonna. Il venait de s'imaginer, seul, à la tombée de la nuit, au milieu des milliers de kilomètres de cette forêt teigneuse. Devant, l'infinie solitude d'un univers hostile. Des centaines de lacs, semblables les uns aux autres dans leur indifférence, et des collines boisées pendant des milles et des milles. Tout au Nord, la végétation dépérissait. Seules subsistaient quelques sapinettes rabougries. Plus loin encore, la toundra. Le sol gelé en permanence. La banquise éternelle. Et puis sans doute, peut-être, rien…

C'était tout le mystère de ce pays, cette nette rupture entre les rives du Saint-Laurent, avec ses vieux villages chauds comme des fours à pain, et l'immensité désertique qui s'affirmait sur les contreforts des Laurentides. Un monde à la démesure de l'homme ! La Packard s'engagea brusquement dans un chemin de traverse.

— Il y a quelque chose que je ne comprends pas, commenta l'abbé Tessier. Chaque fois que j'emmène quelqu'un ici, il fait un détour pour lui montrer le lac Fou. Je ne sais pas ce qu'il a de plus que les autres, ce lac-là. Le poisson est pas meilleur qu'ailleurs. Puis ça nous fait perdre du temps. Avec ça, le chemin est pas passable !

Ernest se cramponnait au volant. Les pneus butaient sur des souches coupées au ras du sol. Des repousses entêtées obstruaient le tracé. Les branches basses des épinettes giflaient les portières. La Nash tressautait, tanguait à bâbord et à tribord et, par moments, le fond de la caisse raclait le sol. Elle s'immobilisa bientôt, juchée sur une butte abrupte. Ses occupants descendirent. Déjà, la Packard revenait vers eux, en marche arrière. Félix Métivier aimait taquiner l'abbé. Il ne s'en priva pas.

— Je vous l'ai déjà dit, des petites machines de même, c'est pas à leur place dans le bois. Trop bas sur pattes. Elle est jaquée. Emmenez-moi une ferrée. On va la sortir de là.

Et Félix Métivier lui-même se mit en frais de dégager la voiture. Il fallut beaucoup d'efforts pour y parvenir. Ils se passèrent la pelle, à tour de rôle, pour creuser sous le châssis. Un petit monticule de terre s'élevait de chaque côté. Félix Métivier avait sali ses chaussures, mais l'exercice semblait l'amuser. Ernest engagea l'embrayage. Les roues patinèrent. On se mit à plusieurs pour pousser, tout en soulevant l'arrière de la voiture en même temps. La Nash fit un bond de crapaud. Les roues arrière retombèrent dans la fosse. On inséra des branches d'arbres sous le pare-chocs en guise de leviers. La voiture se retrouva enfin sur le sol uni. Ernest l'enfonça dans un taillis pour dégager la route. On transféra les bagages dans le coffre de la Packard et les trois occupants de la Nash rejoignirent les autres dans le paquebot.

Ils étaient sept maintenant à se frotter les épaules.

L'abbé trônait à l'avant, aux côtés de Félix Métivier et de son fils Jules. Henri Ramier partageait la banquette arrière avec Ernest et les deux premiers occupants des lieux, d'autres invités de Félix Métivier. Un tout jeune, vêtu d'une ample vareuse agrémentée d'un foulard de soie bleu tendre. Il se nommait Désilets. L'autre, Albéric Manseau, était député au parlement d'Ottawa. Un petit homme sec au visage anguleux.

La Packard fendait son chemin à travers des broussailles. Sous les secousses, les passagers en oubliaient de parler. Une demi-heure plus tard, ils atteignirent les rives du lac Fou.

Les ruines d'un camp incendié s'y dressaient. A côté, quatre hommes s'employaient à dresser la charpente d'une nouvelle habitation. Les mêmes billes de bois que Henri Ramier avait vues flotter sur le Saint-Maurice, précédemment, servaient ici à l'édification des murs. Elles étaient simplement dépouillées de leur écorce et entaillées en forme de tenons et de mortaises à leur extrémité. Un jeu d'enfants pour adultes.

— Je sais qui a fait ça, dit Félix Métivier en désignant les ruines calcinées.

— Pourquoi ne le faites-vous pas arrêter ? protesta l'abbé Tessier.

— Il doit avoir ses raisons, trancha Métivier en s'éloignant.

Ils mangèrent à la bonne franquette, debout, l'assiette posée sur une souche à hauteur de poitrine. Des œufs, du bacon et des petits pois. Ils burent du thé bouillant.

— S'il y en a qui veulent se dégourdir les jambes,

annonça Félix Métivier, c'est le temps. On repart dans une demi-heure. Perdez-vous pas dans le bois, ajouta-t-il à l'intention de Ramier, mais sans regarder de son côté, ce qui aurait paru offensant.

Félix Métivier, son fils Jules, l'abbé Tessier, le jeune Désilets et le député s'intéressèrent aux travaux de reconstruction du camp. Ernest partit de son côté. Henri Ramier s'engagea, seul, sur une piste qui serpentait entre ses chères sapinettes.

Il huma l'air frais du printemps. Bourra sa pipe. S'efforça d'adopter le pas lent et long des coureurs des bois. Sentit le sang s'activer dans ses veines. La tête légère. Le cœur solide comme un poing dans une poche.

Il avait franchi les mers pour venir ici, dans la solitude effrayante des commencements, renouer avec ce qu'il y avait de plus intime en lui. L'homme face à la création. Dépouillé des artifices de la civilisation. Ramier commençait à goûter les délices qu'il était venu chercher quand, à un détour du sentier, il se retrouva nez à nez avec un grand hurluberlu au poil hirsute.

— Viens voir mon campe, annonça l'autre sans prévenir.

Et il saisit Ramier par le bras pour l'entraîner sur la piste. L'étrange personnage marchait devant, tourné de trois quarts vers le visiteur qu'il remorquait sur le sentier bossué.

— T'es avec eux autres, je le sais, mais t'es pas comme eux autres. Toé, t'es un Français des vieux pays. Je t'ai entendu. Tu parlais tantôt. Moi, ceux-là — et il fit un geste lent de la tête en direction des rives du lac Fou, les yeux remontés dans les orbites

— je veux pas les voir. Mais toi, c'est pas pareil. Tu viens de loin. Je vas te montrer comment c'est qu'on vit, nous autres, les Canayens. D'abord, comment tu t'appelles ?

— Ramier.

— Moi, c'est William, mais tout le monde m'appelle Tilliam. Dans le temps, je veux dire. Parce qu'à présent, personne m'appelle pu, pis c'est ben correct de même.

Ils débouchèrent rapidement sur une petite clairière. La cabane de Tilliam s'y dressait. Surgissement végétal plutôt qu'habitation. Des planches retournées à l'état naturel, des broussailles sur le toit et des taillis montant à l'assaut de l'unique fenêtre. Un grand chien jaune grondait devant la porte.

— Couché, Ti-Loup ! gronda Tilliam.

Et il poussa le Français dans sa cabane. C'était une caverne d'ombre. Une table encombrée de casseroles et de boîtes de conserve vides. Deux chaises de rondins sur le sol de terre battue. Un grabat fourré de branches d'épinettes. Et surtout, pendues aux murs comme au plafond, des dizaines de dépouilles de bêtes, martres, lièvres, renards, castors et même, probablement, la peau d'un loup, à moins que ce ne fût celle du prédécesseur du chien jaune.

— Hein ! Qu'est-ce t'en penses ? demanda Tilliam en bourrant les côtes de Ramier de coups de coude.

Et sans attendre de réponse, il enchaîna :

— Je voulais que tu voyes ça, ce que le méchant monde peut faire à un Chrétien ! Ça fait vingt-cinq ans que je vis ici-dedans ! Vingt-cinq ans que je suis pas redescendu ! Pourquoi c'est faire ? Ce serait trop long. Je te le dirai une autre fois.

Et il poussa Ramier vers la porte.

— Là, tu vas t'en retourner. Les autres vont t'attendre. Mais pas un mot à personne! Tu m'as jamais vu! Seulement, je veux que tu te rappelles de moé. Tiens, prends ça.

Il glissa une patte de lièvre dans la main de son visiteur.

— C'est bon pour la loque!

Et Ramier se retrouva sur le sentier sans savoir s'il avait rêvé ou vraiment vécu l'incident. Les autres l'attendaient près de la voiture.

— Envoyez, embarquez! lança Félix Métivier. On n'a pas le temps de farfiner si on veut être là avant la noirceur.

Ramier reprit sa place entre la carrure de ses compagnons. Il parvint à fourrer la main dans sa poche. Il n'avait pas rêvé. La patte de lièvre s'y trouvait bel et bien. Et surtout, il venait de comprendre ce que Tilliam avait voulu dire quand il lui avait parlé de loque. Ramier avait d'abord songé à une espèce de poisson. L'ermite lui suggérait-il d'utiliser la patte de lièvre en guise d'appât? Mais non! C'était tout simple! Les Anglais disait « luck » pour désigner la chance. Un autre mot étranger poli comme un caillou dans la bouche des Canayens!

Le jour déclinait quand ils arrivèrent au Panier percé. En deux heures de route, ils avaient franchi soixante milles de forêt ininterrompue. Et soudain, surgi de la mer végétale comme une île, un village. A l'époque de sa construction, l'un des comptables de Métivier s'était récrié devant les frais entraînés par l'édification de ce camp avancé : « Un vrai panier percé! » Le nom lui était resté.

31

Deux rangées de baraquements parallèles le composaient. De grands bâtiments peints en blanc, avec une touche de vert sur les corniches et le tour des fenêtres. Des bardeaux de cèdre sur les toits. Des cheminées de tôle. Et surtout, chose incongrue, des poteaux porteurs de fils électriques. Le Panier percé générait sa propre électricité.

L'endroit semblait plutôt désert mais, se plaisait-on à répéter au visiteur français, au cœur de l'hiver, mille hommes habitaient ces baraquements. A une extrémité du village, un quartier plus cossu, les bureaux et le camp particulier de Félix Métivier. Son fils, Jules, avait le sien tout à côté. La voiture s'arrêta devant l'édifice le plus imposant.

— Si ça vous dérange pas, déclara Félix Métivier, on va passer tout de suite au réfectoire. Le couque aime pas attendre.

Ramier s'étonna qu'on pût songer à se mettre à table à cinq heures. Depuis son arrivée à Montréal, il avait bien constaté que les Canadiens français mangeaient tôt. A quelques reprises, il avait été reçu chez des gens qui l'avaient accueilli à six heures pour passer à la salle à manger à sept heures. Comment aurait-il pu savoir qu'on retardait l'heure du souper pour ne pas brusquer ses habitudes ? Mais s'attabler à cinq heures, autrement que pour prendre le goûter, cela ne lui était jamais advenu ! Il n'était pas au bout de ses surprises.

Le réfectoire pouvait accueillir cinq cents convives à la fois. Des rangées de tables s'alignaient à perte de vue. Sur chacune, une salière et une poivrière de tôle peinte en rouge et un pot de grès rempli de mélasse. Aux murs, des trophées de chasse, biches au regard triste, cerfs orgueilleux et orignaux au panache démesuré. Comme il y avait peu de pensionnaires au Panier percé en cette saison, une partie seulement du réfectoire était éclairée à l'aide de lampes à pétrole suspendues au-dessus des tables les plus proches de la cuisine. Cela conférait au lieu l'atmosphère des églises désertes qu'on visite à l'improviste.

Il se trouvait une dizaine d'hommes dans la pièce. Ils finissaient de manger. Ils se levèrent en apercevant Félix Métivier mais, contrairement à ce que Ramier anticipait, nul ne s'avança pour lui serrer la main. Personne ne salua le patron non plus. On se contenta de marquer sa déférence en prenant une attitude réservée. Les mangeurs sortirent d'ailleurs bientôt dans un grand bruit de bottes sur le plancher de bois brut.

— Venez voir la cuisine, proposa Félix Métivier à Ramier. Je pense que vous avez jamais vu ça.

Il avait dit vrai. Les cuisines du *Titanic*. Des marmites assez grandes pour y cacher un homme. Des plans de travail de sept mètres. Des hottes grosses comme des clochers d'église. Dans cette cathédrale culinaire, officiait un gros homme à toque blanche et trois aides-cuisiniers. Ramier apprendrait plus tard qu'on désignait ces derniers sous le nom de choboys.

— Germain, lança Félix Métivier à l'intention du cuisinier, viens que je te présente.

Le gros homme à la peau rosée s'approcha en essuyant ses mains sur son tablier. Félix Métivier désigna Ramier d'un geste du chapeau.

— Rencontre donc monsieur Ramier. C'est un Français qui est en visite par ici.

Le cuisinier devint tout rouge. Ramier se raidit. Pourquoi cet homme réagissait-il ainsi devant son origine ?

— Heureux de faire votre connaissance. Moi aussi, je suis Français, annonça timidement le gros homme, ce que son accent avait révélé dès qu'il avait ouvert la bouche. Germain Boulard. Je suis de Toulouse.

Ramier éclata de rire.

— Et moi de Riscle ! On est cousins, comme ils disent par ici !

Et il serra vivement la main de son compatriote.

— C'est pas tout ça, intervint Félix Métivier, faut qu'on se mette quelque chose dans le corps.

Germain, le cuisinier, en profita pour filer derrière ses marmites démesurées.

— Il est un peu gêné, expliqua Félix Métivier en entraînant son invité vers le réfectoire, mais c'est un maudit bon gars. Comme de raison, c'est pas la place, ici-dedans, pour faire de la cuisine française. Mais des fois, quand on le prévient d'avance, il met les petits plats dans les grands. Vous aurez droit à ça un autre tantôt.

Ils retrouvèrent les autres devant une table sur laquelle les choboys avaient déposé les assiettes et les couverts. Un regard échangé entre Félix Métivier et l'abbé Tessier, un froncement de sourcils, comme pour un signal convenu, et l'abbé fit un grand signe de croix. Tous l'imitèrent.

— Au nom du Père, du Fils et du Saint-Esprit. Bénissez-nous, mon Dieu, ainsi que la nourriture que nous allons prendre.

— Ainsi soit-il.

Ils se signèrent d'un seul geste unanime, tout en enjambant le banc pour s'y asseoir. Les choboys apportèrent une soupe au chou, puis un grand plat de ragoût de pattes de cochon baignant dans une épaisse sauce où surnageaient des boulettes de viande hachée et des pommes de terre. Au dessert, on servit de la tarte à la farlouche, dans laquelle Ramier reconnut le goût de la mélasse. Du thé là-dessus, depuis la première cuillerée de soupe jusqu'à la dernière bouchée de tarte. Félix Métivier interpellait Ramier :

— Hein ! du thé de même, vous en avez pas bu souvent ? Nous autres, par ici, on aime le thé fort. Les gars qui connaissent ça disent que le thé est à leur goût quand il est assez fort pour porter une hache.

Et il partit d'un grand éclat de rire franc. Les autres l'imitèrent. Il se leva. Ils en firent autant. L'abbé Tessier récita les Grâces. Henri Ramier allait tirer sa blague à tabac quand Félix Métivier éleva la voix :

— Asteure, si vous voulez, on va dire le chapelet. Ce sera fait.

Ils s'agenouillèrent où ils étaient, les coudes sur le banc ou le rebord de la table. Félix Métivier lui-même faisait office de récitant. Henri Ramier ne quittait pas des yeux ce grand homme autoritaire et puissant qui priait, le dos voûté, montrant les semelles de ses chaussures à l'assistance.

— Je vous salue Marie, pleine de grâces, le Seigneur est avec vous, vous êtes bénie entre toutes les femmes, et Jésus, le fruit de vos entrailles, est béni.

Ils répondaient d'une seule voix.

— Sainte-Marie, mère de Dieu, priez pour nous, pauvres pécheurs, maintenant et à l'heure de notre mort. Amen.

Ainsi, cinquante fois, sans compter le « Je crois en Dieu » et les dix « Gloire soit au Père ». Quand ce fut fini, ils se relevèrent en s'étirant. Henri Ramier croyait qu'on allait se retirer, mais Félix Métivier s'attardait.

Comme sur un signal, des hommes entrèrent, un et deux, puis cinq, dix autres, et puis dix encore. Outre le petit groupe des invités de Félix Métivier, ils furent bientôt une trentaine dans le réfectoire. Assis sur les bancs, autour des trois tables que les choboys avaient desservies. Germain, le cuisinier, se joignit à eux. Chacun tirait consciencieusement sur sa pipe. Un nuage de gros temps flottait bas dans le réfectoire. Un homme se râcla la gorge. Un autre rit sans qu'on sût pourquoi. Une voix monta du fond.

— Fabien ! Une petite toune !

L'intimé se fit prier. Ses voisins lui martelaient les épaules de leurs poings. Ledit Fabien se leva lentement. Il fit quelques pas entre deux tables. Le pompon de sa tuque vibrait à chacun de ses mouvements. Un brouhaha montait du groupe.

— Vos gueules, là-dedans ! lança quelqu'un.

— Je veux ben vous en pousser une, commença Fabien, mais je vous préviens, ça fera pas stepper personne.

— Une complainte ! réclama une autre voix.

— C'est une chanson qui vient des Trois-Rivières, poursuivit Fabien. Les gars chantaient ça, en montant, dans le temps.

Fabien se râcla de nouveau la gorge. Le silence se fit. Et de cet être fruste, coiffé d'un bonnet ridicule, s'éleva toute la douleur humaine, la plainte éternelle de l'absence et l'inutilité des consolations absurdes.

Buvons, mes chers confrères, buvons nos verres
   pleins
Puisque la chose est telle et qu'il faut tous mourir.

Quand j'étais chez mon père, j'allais au cabaret.
Tout était sur la table : rôtis, perdrix, poulets.

Que le papier est rare dans ce Bas-Canada !
Que fait-elle donc m'amie qu'elle ne m'écrit pas ?

Nous n'irons plus en ces lieux pour cette maudite
   boisson
Qui nous rend imbéciles et nos cœurs vagabonds.

Puisque la chose est telle et qu'il faut tous mourir,
Viens donc, chère bouteille, viens donc nous secourir.

Dans l'auditoire, quelqu'un avait tiré une flasque de petit blanc. La bouteille plate passait de main en main. Le manège n'avait pas échappé à Félix Métivier qui esquissa une moue de désapprobation mais n'en fit pas cas. D'ailleurs, le flacon n'atteignit jamais les rangs des invités du patron. D'autres voix montaient de la pénombre.

— Un autre, Fabien !
— J'avais dit une ! C'est assez !
— Conte-nous l'histoire du petit gorette à Simon !
— Une histoire de peur !
— Un conte de menteries !
— Oui ! Envoye, Ephrem, un conte de menteries !

37

Celui qu'on réclamait occupait le bout d'un banc. Il se rejeta le tronc en arrière.

— Ah ! mes petits enfants, vous m'en demandez tant !

— Envoye, Ephrem, pour quoi c'est faire, tu penses, qu'ils te gardent, icitte ?

— Toujours ben pas pour l'ouvrage que tu fais dans une journée !

— Envoye, Ephrem, gagne ta croûte ! Un conte de menteries !

On sut qu'Ephrem allait s'exécuter à la gravité qui envahit soudain son visage. Il toussota deux ou trois fois dans son poing, racla ses bottes sur le plancher et commença d'une voix si faible que ceux des derniers rangs émirent des « shhhh » pour creuser le silence.

— Sac à tabi, sac à tabac, si je mens, que le diable m'emporte en bas.

Le conteur prit le temps d'examiner un à un ses auditeurs.

— C'est une femme qui était veuve, elle avait un petit garçon trop petit pour marcher. Ça fait qu'elle le portait tout le temps dans ses bras. Marche, marche. C'était fatigant. Elle en pouvait plus. Elle s'arrête. Elle s'accote à un arbre pis elle s'endort.

L'enfant lui, le petit gars, il se met à marcher à quatre pattes aux alentours. Il trouve un ruban bleu. Il prend ça puis il se le met autour du corps. Quand sa mère a été réveillée, il lui dit : « Monte donc sur mon dos, si t'es tant fatiguée. M'a te porter, moi ! »

La bonne femme voulait pas le crère, comme de raison. Mais le petit gars insiste. Ça fait qu'elle dit : « M'a essayer ça. » Elle monte dessus, pas trop fort, pour pas l'écraser. Comme de rien, le petit gars se lève, puis il part à marcher, avec sa mère sur le dos. Elle dit : « Ben, si c'est comme ça, allons-y donc. » Ils ont marché de même jusqu'à la brunante.

Là, la bonne femme a commencé à dire : « Faudrait ben se trouver une place pour la nuitte. » Il y avait une lumière, au boutte du bois. Ils y vont. C'était une belle grande maison, mais personne dedans. Ils s'installent, ils mangent à leur goût, puis le petit gars décide d'aller voir ce qu'il y avait en haut, dans les chambres.

Il y avait trois géants qui dormaient dans des lits de géants. Sans faire exprès, le petit gars les réveille. Là, les géants ont dit : « Qu'est-ce tu fais icitte ? » « Ben, on était perdus puis on avait faim. » Le plus gros des géants, il dit : « Justement, ça me fait penser que moi aussi, j'ai faim. M'a te manger, tiens. »

Il vient pour pogner le petit gars mais le petit gars attrape le géant par une oreille pis il le fait souigner dans les airs. Les autres ont dit : « Arrête ! C'est correct ! T'es plus fort que nous autres. On te mangera pas. » Pis là, ils descendent, pis ils aperçoivent la mère du petit gars. D'un seul coup, les trois géants, ils sont tombés amoureux de la bonne femme.

Le jour, quand le petit garçon partait pour aller prendre sa marche alentour, les géants, ils venaient dans le litte de la mère pis ils y faisaient des amours. Pis la bonne femme, elle avait l'air de pas haïr ça. Mais quand le petit gars revenait, les géants remontaient en haut, dans leur chambre, comme de raison. Un jour, il y en a un qui dit à la bonne femme : « J'ai une idée. Tu vas faire accrère que t'es malade. Nous autres, on va envoyer ton petit gars chercher un remède à une place qu'il reviendra pas. » La bonne femme dit : « C'est correct. » Pis les géants envoyent le petit gars tirer le lait des trois lionnes qu'il y avait dans la prairie.

Quand il est arrivé, les lionnes lui ont dit : « Qu'est-ce tu fais icitte toi, petit gars ? » « Je m'en viens tirer votre lait pour guérir ma mouman. » « Avant que tu nous tires, on va t'avoir mangé, nous autres. » Mais le petit gars pogne la première lionne par la queue pis il la fait souigner dans les airs. Les autres y disent : « Arrête ! C'est correct ! T'es plus fort que nous autres ! On va te laisser tirer notre lait. »

Quand il est revenu à la maison, les trois géants pis la mouman, ils en revenaient pas. Le petit gars donne le lait des lionnes à sa mouman, mais il s'apercevait ben qu'il y avait quèque chose qu'allait pas.

« J'ai compris, qu'il dit, m'a vous laisser tranquilles. » Pis il part. Marche, marche, pendant un an. Il arrive proche d'un château. Il y avait une belle princesse qui pleurait. « Qu'est-ce vous avez à pleurer ? » « J'ai pardu mon ruban bleu. » « Vot' ruban bleu ? Je l'ai justement icitte avec moi. » Il pogne le ruban, pis il le donne à la princesse qui arrête de pleurer. Sur les entrefaites, le roi arrive. « Qu'est-ce qui se passe ? » « J'ai retrouvé mon ruban bleu. » « Correct, dit le roi, pour te récompenser, m'a te donner ma fille en mariage. »

Comme de raison, plus de ruban, le petit gars avait pardu toutes ses forces, mais y paraît que la princesse s'est jamais plaint de lui.

Le conteur ferma les yeux. Un soupir plana sur l'assistance. Ephrem conclut :

— C'est donc de valeur ! Mon père contait ça tellement mieux que moi !

40

Le signal de la fin du conte souleva une autre vague de réclamations.

— Un conte de peur!

C'était le moment qu'attendait Ti-Pit Desfossés.

— Une dernière, pis après ça, on va se coucher.

— Voulez-vous que je vous conte l'histoire des trois esquelettes?

Ils poussèrent un « oui » unanime.

— Je veux pas entendre un mot, par exemple, prévint Desfossés. Pis ceux qui me crèront pas, ils sont aussi ben de sortir tu de suite.

Pas un n'esquissa un geste. Ti-Pit commença :

— Ça s'est passé, ça doit ben faire cinquante ans de ça, mon grand-père l'a entendu raconter de la bouche même d'un gars qui a rencontré le Sauvage à qui c'est arrivé. Ça se passait dans le bout du lac Madambaskike. Dans le langage des Sauvages, ça veut dire lac des esquelettes, justement, pis vous allez comprendre pourquoi. Il y avait un gars qui était parti avec un Sauvage pour aller trapper. La tempête se lève. Ils voyaient plus devant eux autres. Ils se trouvaient sur le lac. Ils se disent : on va marcher jusqu'au bord. On trouvera ben une place pour se mettre à l'abri du vent puis de la neige. Comme de fait, ils trouvent un campe. La porte était ouverte. Il y avait de la neige jusqu'au plafond, là-dedans. Un campe abandonné. Le gars, il dit au Sauvage : « Aide-moi. On va se faire du feu avec la table puis les lits. Manquablement, ça va finir par fondre, toute cette neige-là. » Ils commencent à défaire la table puis les lits. Mais là, le Sauvage, il pousse un cri puis il va se cacher dans un coin du campe. Dans le lit, il y avait un esquelette. Le gars, il regarde dans les autres

41

lits. Deux autres esquelettes. Ça faisait trois esquelettes en tout. Le gars, il pensait à son affaire. Il dit : « Ça doit être les trois gars qui sont morts de la picotte, v'là deux ans. On les a jamais retrouvés. » Comme de raison, le Sauvage était pas gros dans ses culottes. Il voulait pas dormir dans le même campe que les esquelettes. Parce qu'eux autres, les Sauvages, ils pensent que les esprits reviennent. La neige avait fini par fondre. Le gars, il dit au Sauvage : « Fais ce que tu veux, moi, je me couche. » Il pogne un des esquelettes puis il le met dans le feu. Ça a fait une grande flamme bleue. Le gars s'endort. Le Sauvage, lui, il pouvait pas fermer l'œil. Comme de raison, au milieu de la nuit, v'là l'esquelette que l'autre avait jeté dans le feu qui se lève, qui sort du poêle puis qui se met à danser dans la place. Les deux autres esquelettes se mettent à danser avec lui. Le Sauvage en oubliait de souffler. Ça a duré de même toute la nuit. A la barre du jour, les esquelettes sont rentrés tous les trois dans le poêle, puis ils sont sortis par le trou de la cheminée. Le Sauvage a couru dehors. Il les a vus s'éloigner sur le lac, comme de la poudrerie. Quand il a été bien sûr qu'ils étaient partis, le Sauvage est rentré. Il est allé pour réveiller le gars. Il s'était transformé en esquelette lui aussi. Le Sauvage a fait ni une ni deux. Il a ramassé ses affaires puis il est parti. Paraît qu'il rôde sur le lac des Trois Esquelettes depuis ce temps-là.

Il y avait des esprits dans tout le réfectoire. Les hommes parlaient bas. Les gestes pesants. Deux ou trois s'essayèrent à des plaisanteries, mais elles se perdirent dans l'indifférence. Ils sortirent par petits groupes. Par la porte entrouverte, la nuit leur tombait dessus comme une menace.

Restés seuls, Félix Métivier et ses invités attendirent que les hommes fussent partis. Ils se tenaient dans l'éclairage, regardant le bout de leurs chaussures. Félix Métivier annonça enfin :

— A présent, c'est l'heure d'aller se coucher, si on veut faire une journée comme du monde, demain.

Ils sortirent à leur tour. De loin en loin, des lampes accrochées à des poteaux de bois donnaient de la profondeur aux ténèbres. Henri Ramier s'étonna qu'on produisît de l'électricité aux seules fins d'illuminer l'extérieur. Pourquoi se contentait-on d'éclairer le réfectoire au pétrole ? Il s'en ouvrit à l'abbé Tessier.

— Une vieille habitude. Souvent, dans les campagnes, ils ont l'électricité à l'étable bien avant de se résigner à la faire installer à la maison. Le pouvoir électrique, c'est pour le travail.

Ils marchaient vers le camp de Félix Métivier et celui de son fils. Ernest ramena la voiture. Ils prirent leurs bagages dans le coffre.

— Monsieur Ramier et l'abbé, vous venez avec moi. Les autres, installez-vous chez Jules.

Ils pénétrèrent dans le camp. Une isba de bois verni. La suspension rayonnait. Un crucifix, l'inévitable panache d'orignal, un grand calendrier montrant les montagnes Rocheuses. De lourds fauteuils de cuir et trois berceuses recouvertes de couvertures crochetées. Une horloge en marche. Une truie, c'était ainsi qu'on désignait la poêle à bois bas sur pattes. Deux chambres au fond, séparées par une salle de bains.

— Installez-vous là, proposa Félix Métivier en ouvrant la porte d'une des chambres. Un peintre puis un curé, vous allez bien vous arranger ensemble.

43

Et Félix Métivier déposa un bougeoir sur une table qui faisait office de commode en même temps. Deux lits superposés emplissaient presque la petite pièce. Un autre crucifix au mur, fait de branches de bouleau. Ramier tourna la tête pour laisser l'abbé se dévêtir.

— Pas la peine, s'amusa l'abbé, ici, on se déshabille pas. On ôte juste nos bottines.

Et il grimpa sur le lit du haut où il s'étendit sous la grande couverture grise marquée d'une rayure rouge, tout en poussant force soupirs. Un grand signe de croix et il avait fermé les yeux. Le temps, pour Ramier, d'observer ce qui l'entourait, et l'abbé allongeait déjà le souffle.

Henri Ramier éteignit la bougie et s'assit sur le lit du bas, la tête courbée pour ne pas heurter celui du haut, les mains entre les cuisses, l'âme chavirée. Il aurait aimé parler de sa journée, partager ses découvertes, révéler ses étonnements. Il resta ainsi longtemps, à s'écouter vivre, petit homme frêle de quarante-neuf ans, seul dans la nuit éternelle. On n'entendait aucun bruit. Félix Métivier ne devait pas être couché puisque de la lumière venait de la salle. Maintenant, l'abbé ronflait avec franchise. Ramier se leva et s'avança dans la pièce commune. Félix Métivier était assis devant la table. Il compulsait des liasses de documents. Il leva les yeux vers son invité.

— Vous dormez pas ?

— J'ai trop de choses dans la tête, je pense.

— Allez chercher votre pipe et votre tabac. Ça calme.

Ramier s'exécuta. Assis, bien droit devant Félix

Métivier, il tira bientôt des volutes de fumée de la courte pipe qu'il tenait entre ses dents de carnassier. Tout en continuant d'étudier ses dossiers, Félix Métivier lui adressait la parole sans lever les yeux. Une conversation qui n'en était pas une. Des réflexions à voix haute. Les réponses ne venaient pas tout de suite. On aurait dit que l'épaisseur de la nuit ralentissait la propagation des paroles.

— C'est sûr que ça vous change de par chez vous ! dit Félix Métivier.

— J'étais venu voir le Nouveau Monde, expliqua Ramier. Je ne suis pas déçu. Il n'a rien de l'Ancien.

— Ça vous fait pas vous ennuyer ? lança Félix Métivier.

— Je vous dirai qu'étrangement, c'est mon enfance que je retrouve ici, au Panier percé.

Félix Métivier tourna quelques pages. D'un geste de l'index, il releva ses lunettes sur son nez.

— Votre enfance ?

— Oui, expliqua Ramier. Ça n'a rien à voir, je le sais, mais le Panier percé, ses bureaux, ses hangars, ses entrepôts, tout ça me fait penser à Mont-de-Marsan. Le magasin de mon père.

Félix Métivier leva les yeux sur Ramier. Sa main marquait l'endroit où il avait suspendu sa lecture, sur la page.

— Vous avez été élevé dans un magasin ? interrogea Métivier.

— Une grande cour carrée, des préaux, des caves à vin, des voitures à chevaux.

45

Félix Métivier l'interrompit.

— Moi aussi, j'ai été élevé dans un magasin-général.

Et il couvrit Ramier d'un regard qui fouille. Une complicité montait de leur enfance respective.

4.

Félix Métivier parla longuement. Il écarta la liasse de documents qu'il compulsait plus tôt. Par moments, il ôtait ses lunettes et frottait la paume de ses mains sur ses yeux, comme pour aviver sa mémoire. Il revenait en arrière. Près de cinquante ans en arrière. Il ne le faisait pas souvent. Encore moins ouvertement.

Il avait quatre ans. Sa famille quittait la paroisse de Saint-Narcisse, sur la Batiscan, pour venir s'établir à Mékinac. L'avenir de Félix Métivier se jouait ce jour-là. Il était trop petit pour le savoir.

Un convoi surprenant défilait sur la route. Trois waguines, deux tape-cul et une planche à soufflet. Les chaises, les tables, les matelas et l'horloge sur les waguines. Les poules, les cochons et les moutons sur les tape-cul. Le petit Félix, ses frères et sœurs et sa mère au fond de la planche à soufflet, une voiture basse avec un siège couvert à l'arrière, ce qui lui donnait la forme d'où dérivait son nom. Le père était assis seul devant, presque sur les brancards. Au milieu du cortège, trois vaches et un veau. Une famille qui déménageait. En soi, cela n'avait rien d'inusité.

En cette fin du dix-neuvième siècle, c'était en 1892, deux raisons pouvaient inciter une famille à quitter les lieux de son enracinement : la misère ou l'ambition. Depuis les commencements, deux cent cinquante ans plus tôt, l'une et l'autre avaient eu le temps de se répandre en Mauricie.

Laviolette avait fondé Trois-Rivières en 1634. Des familles, récemment débarquées de France, s'y établirent. On édifia le fort, puis le village, puis la ville et les paroisses environnantes. Mais une étrange disposition d'esprit incitait ces pionniers à tout remettre en question dès qu'ils atteignaient le point de survie, sinon de confort. Recommencer ailleurs.

De nouveau faire de la terre, défricher, essoucher, tracer le premier sillon, engranger la récolte dans des bâtiments qu'on avait élevés de ses mains. Et les villages essaimaient sur les contreforts des Laurentides, Les Forges, Saint-Louis-de-France, Saint-Luc, Saint-Maurice, Sainte-Geneviève de Batiscan. En agissant ainsi, ces anciens Français satisfaisaient à la fois deux pulsions contraires que leur commandait le Nouveau Monde : partir et rester.

Partir à l'aventure, chercher fortune au bout du continent, et ils n'y avaient pas fait défaut. La Vérendrye s'était rendu, à pied et en canot, de Trois-Rivières aux Rocheuses. La distance Paris-Moscou.

Mais aussi rester, s'enfoncer dans le sol comme des pieux. Bâtir une descendance. Etablir ses fils sur des terres aux alentours. Marier ses filles à des cultivateurs des environs. Concilier l'inconciliable. Le père de Félix Métivier était de ceux-là.

Stanislas Métivier se sentait à l'étroit entre les limites de sa ferme de Saint-Narcisse. Il n'était pas le premier que l'envie de lever le camp tenaillait. Quand les vents de novembre avaient fini d'arracher, à grosses poignées, les feuilles des arbres, ceux de son espèce s'enfermaient dans leur boutique pour affûter leur hache. Par les carreaux étroits de la fenêtre, ils scrutaient le large. Leurs clôtures les narguaient. Un soir, ils annonçaient à la femme : « Je pense ben que je vas monter aux chantiers encore cette année. Un beau cent piastres, ça se prend ben, en redescendant au printemps. » Et la femme soupirait en baissant les yeux sur son ouvrage.

Ils coupaient du bois pour les Anglais. Pas besoin de s'exiler trop loin. La Moyenne-Mauricie regorgeait encore de grands pins et de chênes séculaires. Les entrepreneurs anglais chargeaient ces fûts grossièrement équarris sur des bateaux, à destination de l'Angleterre. La fière Albion en ferait d'autres bateaux qui viendraient à leur tour chercher encore du bois dans la colonie canadienne. Le vice inhérent à l'entreprise échappait aux bûcherons canadiens-français.

Le père de Félix Métivier, lui, avait réfléchi à la question. Non pas qu'il fût ambitieux, au sens où la religion interdisait d'aspirer à s'élever au-dessus de la condition où la Providence vous avait voulu, mais Stanislas Métivier décelait une injustice derrière ce système apparemment incontesté. « Ces arbres-là, ils sont autant à nous autres qu'aux Anglais. Pas de raison qu'on s'échine à les couper et qu'eux autres, ils mettent tout l'argent dans leur poche, les Anglais. » Il avait franchi l'interdit.

Il était allé trouver les autorités de la compagnie du chemin de fer des Basses-Laurentides. « Paraît que vous avez l'intention de faire monter les gros chars jusqu'à Mékinac ? Va falloir défricher pour ça. Si vous voulez, moi, je coupe le bois et je vous demande rien. » Les grands commis de l'entreprise se moquèrent, en anglais bien sûr, de ce bougre qui envisageait sans doute de faire quelques profits en approvisionnant ses voisins en bois de chauffage. Mais Stanislas Métivier avait une autre idée.

Il se rendit à Québec, dans les bureaux de la Price and Hall. « Paraît que sur vos bateaux, quand vous avez fini de charger le bois équarri, il reste de la place, dans les coins ? Des espaces trop petits pour mettre les grandes billes. Moi, je vous emplis ça avec du bois de quatre pieds et du plançon de bois franc. » Marché conclu. Stanislas Métivier s'enrichissait tout en ayant conscience de réparer une injustice.

Pour autant, il n'en profita pas pour élever son niveau de vie. Les profits, il les reversa à sa terre. Plus d'animaux, de plus grandes parcelles. Il oubliait de se rendre compte qu'il portait tout cela sur son dos. Quand le tracé de la voie ferrée de Mékinac fut défriché, Métivier détenait un renseignement qu'il entendit exploiter.

Il se rendit cette fois dans les bureaux du Pacifique Canadien, à Montréal. « Paraît que vous avez l'intention de construire une clôture de perches, de chaque côté du chemin de fer que vous venez de finir, entre Québec et Montréal ? Pourquoi donner le contrat à plusieurs petits entrepreneurs qui s'entendront peut-être pas entre eux autres ? La clôture sera pas uniforme. Les mesures seront pas les mêmes. Sans compter que ça vous fera de la paperasse par-dessus la tête. Ce qu'il vous faut, c'est un seul entrepreneur. Je suis votre homme. » Pour se débarrasser de lui, on le renvoya à l'entrepreneur-général de la voie ferrée, J. C. McGreevy.

Celui-ci vit l'occasion de faire exécuter les travaux à meilleur compte. Un seul contractant exigerait un profit moindre que la somme des profits de plusieurs petits entrepreneurs. Stanislas Métivier repartit avec un contrat en poche. Il devait clôturer deux fois, au nord et au sud de la voie, la distance de cent cinquante milles — deux cent cinquante kilomètres — qui séparait Québec de Montréal, soit trois cents milles en tout.

Il calcula qu'il lui faudrait enfoncer trois cent seize mille huit cents piquets pour satisfaire cette obligation. Sans compter les trois rangées de perches de cèdre à disposer entre ces piquets. Il estima qu'une équipe de deux hommes pouvait installer cinq cents pieds de clôture en une journée de dix heures. Il fallait donc compter trois mille cent soixante-huit jours, à deux hommes, pour parfaire l'ouvrage. Comme il ne disposait que de trois mois pour remplir son contrat, il devait donc engager quatre-vingt-cinq hommes, sans compter sept ou huit contremaîtres. Il ne manquait pas de Canayens vaillants. Stanislas Métivier se mit à recruter des bras.

La clôture fut érigée en temps. Pendant toute la durée des travaux, Stanislas Métivier avait versé une partie de leur salaire à ses engagés. Il était convenu qu'ils recevraient le solde à la complétion de l'ouvrage.

Quand le moment fut venu de se faire payer, le père de Félix Métivier se présenta au bureau de J. C. McGreevy qui le reçut plutôt froidement. Lui-même n'avait pas touché toutes les sommes qu'il attendait du Pacifique Canadien. Stanislas Métivier fut prié de patienter. Les choses traînèrent en longueur. Mais les ouvriers et les contremaîtres exigeaient leur dû.

Le père de Félix Métivier commença donc à se départir de son bien. Une vache pour faire taire celui-ci. Une waguine à cet autre qui ne pouvait plus attendre. A la fin, Stanislas Métivier dut emprunter les instruments de ses voisins pour entrer une récolte qui ne se justifiait plus. Il n'avait plus d'animaux.

On se moqua de lui. Sa femme, une personne pieuse, tressait une chaîne de chapelets, entre leur détresse et la Mère de Dieu, afin que cette dernière intercède auprès de son divin Fils, en faveur de son mari. Stanislas Métivier ne se contenta pas des moyens spirituels. Il engagea un avocat des Trois-Rivières. Nérée Duplessis plaida la cause de son client avec fougue. Stanislas Métivier recouvra son argent et, partant, son roulant de ferme et ses animaux. Il manquait bien un rayon de roue ici et là. Une vache avait maigri. Mais, dans l'ensemble, il se tira de l'aventure avec les honneurs de la guerre.

On le croyait guéri à jamais de ses lubies. Dix ans plus tard, il vendit la ferme de Saint-Narcisse pour s'établir à Mékinac, sur la rivière Saint-Maurice, où il venait d'acquérir un magasin-général. Et c'est ainsi que le cortège de waguines, de tape-cul et de planches à soufflet atteignit le bas de la Côte de roches, célèbre pour sa pente aiguë, quelques centaines de mètres avant d'arriver au village.

On était en fin d'après-midi. Le déplacement s'effectuait à un rythme très lent en raison de la présence des trois vaches et de leur veau dans le convoi. La procession occupait presque toute la largeur de la route. La montée la ralentit encore. Depuis quelques minutes, un gros homme à face rouge s'efforçait de la doubler avec son boghei. On l'entendait crier pour attirer l'attention :

— Tassez-vous, Cibouère ! Tassez-vous !

Mais les bêtes, indifférentes, dérivaient d'un bord à l'autre de la route. Exaspéré, le bonhomme planta là son cheval et son boghei. Il courut vers la voiture de Stanislas Métivier et saisit son cheval par la bride. Le cortège s'immobilisa.

— Ça fait une heure que je te crie de te tasser, Cibouère !

— Si tu « cibouèrais » moins, répliqua Stanislas Métivier, je te comprendrais peut-être mieux.

L'autre rougit sous l'insulte, si c'était encore possible. Il mit le pied au marchepied.

— Débarque, mon Cibouère ! gronda-t-il. M'a te montrer à qui c'est que t'as affaire.

— Qu'est-ce que tu veux au juste, ironisa Stanislas Métivier, te battre ou arriver à Mékinac avant la nuit ? Tu vois bien que tu nous retardes ! Ôte ton pied de sur le marchepied.

En même temps, il claqua les traits sur la croupe de son cheval. Déséquilibré, l'homme tomba à la renverse. Il se releva, rejoignit l'animal et l'immobilisa de nouveau. Cette fois, il était hors de lui.

— Débarque, mon cibouère !

Stanislas Métivier était un grand homme maigre à la face anguleuse. Rien, dans sa personne, ne révélait le type énergique qu'il était.

— Tu l'auras voulu, dit-il.

Et il mit pied à terre à son tour. Le gros homme l'empoigna au collet. Sans attendre, Stanislas Métivier lui envoya son poing en plein visage. Le nez écrabouillé. Du sang sur la manche. Le gros homme recula d'un pas hésitant, comme ivre.

— M'a te tuer ! hurlait-il.

Mais Stanislas Métivier demeurait impassible devant lui, les deux poings au bout des bras. L'autre retraita en direction de son boghei.

— T'as pas fini d'entendre parler de moi, Cibouère !

Stanislas Métivier retint le convoi jusqu'à ce que l'autre l'eût doublé dans une poudrerie de jurons. Il se tourna ensuite vers sa femme et ses enfants :

— Je suis bien content que ce soit arrivé ici, juste avant le village, commenta-t-il. De même, on pourra pas dire qu'on a été mal accueillis à Mékinac.

Et il remonta sur sa planche à soufflet. Une demi-heure plus tard, le petit Félix mangeait des beurrées de mélasse au magasin-général.

C'était une grande maison blanche. Une galerie ceinturait le rez-de-chaussée. Un étage franc, le long duquel courait la même galerie. Là-dessus, un étage de lucarnes, sous une toiture de tôle rouge. La maison se dressait sur la rue principale de Mékinac, en bordure du Saint-Maurice. Entre la route et la rivière, courait la voie du chemin de fer. Des wagons y stationnaient en permanence. Devant le magasin, les deux pompes à essence, avec leur globe de verre, prenaient l'allure de personnages au garde-à-vous. Un garage attenant, avec une porte assez grande pour livrer passage à un camion. Un solarium adossé à la maison, au sud, au-dessus du garage. Et tout autour, vers la rivière surtout, une profusion de hangars et d'abris divers. Le quai enfin, fait de grosses pièces de bois passées à la créosote. Toujours un bateau ou deux, des vapeurs avec de hautes cheminées. Un va-et-vient constant. Des voitures à chevaux, des automobiles et des piétons. Le cœur du village.

Le petit Félix entra dans le magasin-général. C'était vaste et sombre, avec une coursive comme sur les grands navires. Des froissements de jupe accentuaient la profondeur. Et les vagues d'odeurs soulevaient les pans d'ombre.

L'ensemble reposait sur un système d'escalier qui l'articulait. Le premier, entre le trottoir de bois et la galerie, donnait accès à l'entrée principale. Une porte à deux battants, peinte en vert. A l'intérieur, on voyait d'abord le poêle, haut et ventru, qui occupait le centre de la pièce. Son tuyau noir s'élevait bien droit. L'étage était ouvert, au centre. Une coursive courait le long des murs extérieurs. Le tuyau du poêle montait d'un seul élan jusqu'au plafond de l'étage supérieur. L'appareil reposait sur une tôle clouée au plancher. Deux bancs de bois et un crachoir de cuivre. Le saint des saints. Toutes les décisions importantes du village s'y prenaient. Trois ou quatre vieux s'étaient imposés d'office pour cette fonction. Stanislas Métivier ne tarda pas à mettre son grain de sel dans les conversations.

Le deuxième escalier s'ouvrait au fond du rez-de-chaussée, derrière le poêle. Un escalier d'honneur, à deux volées, débouchant sur une mezzanine. C'est de là-haut que partait la fameuse coursive dont la rampe s'ouvrait sur des abîmes délicieux. Un troisième escalier, enfin, s'élançait de la mezzanine et s'élevait jusqu'aux appartements de la famille. Jamais le petit Félix n'avait franchi le seuil d'un établissement aussi important.

Tout l'émerveillait. A droite, en entrant, un long comptoir courait, derrière lequel officiait le premier commis. Adossées au mur, des tablettes jusqu'au plafond, certaines garnies de casiers, d'autres recouvertes d'articles divers, boîtes de conserve, couteaux, fourchettes, casseroles et pipes de plâtre. Par endroits, une épaisse vitre rayée recouvrait le plateau du comptoir. En se penchant, on apercevait des jarres de menthes blanches. Les Canayens avaient longtemps sucé le mot dans leur bouche gourmande pour fondre « peppermints » en paparmanes.

La section de gauche du magasin était réservée aux vêtements. Là aussi, un comptoir délimitait l'espace dévolu au service. La mère du petit Félix y officierait pendant de nombreuses années, commendant à ses deux vendeuses, une vieille fille pieuse et une gamine qui retenait des fous rires derrière sa main. Chemises de toutes les couleurs, mais surtout carreautées de noir et de rouge, makinaws bien chauds, caleçons longs et bottes de bœuf. Les femmes s'y procuraient des chapeaux, des robes de taffetas et des manteaux gris. Un col de renard, composé d'une dizaine de têtes à petits yeux de verre, évoquait tout le luxe des grandes villes. Pour examiner la marchandise, on s'appuyait sur de grosses couvertures de laine posées sur le comptoir. Et, dans une profusion de casiers vernis, du fil, des aiguilles, des boutons, des dentelles. Parfois, Félix se tenait derrière ce comptoir pour le seul plaisir de laisser les jupes des vendeuses lui épousseter le visage.

Au fond, de chaque côté de l'escalier et jusque sous

les marches, s'étalait la quincaillerie. Des quarts de clous de toutes les dimensions, des haches, bien entendu, mais aussi des bêches, des houes, des pelles et des râteaux. Parce qu'on se trouvait en bordure du Saint-Maurice, on y voyait aussi des ancres et des avirons.

Le bureau dominait l'ensemble. Il se dressait à gauche en entrant, étroit et sévère, adossé à l'une des deux grandes vitrines. Stanislas Métivier y officiait, visière de celluloïd verte sur la tête, manchettes de lustrine sur sa chemise, les petites lunettes rondes sur le bout du nez, une mèche rebelle sur le front. Il compilait les commandes et tenait les comptes.

La coutume voulait que les villageois s'approvisionnent toute l'année sans verser un sou, et qu'on règle au printemps, en une seule opération, parfois douloureuse, la somme de ses achats. Le tout sans intérêt, bien entendu. Le soir, parfois, Stanislas Métivier entraînait son fils avec lui, dans le bureau, pour l'initier au calcul. Le petit Félix compulsait des listes d'achat que son père transcrivait dans un registre.

2	boîtes de gruau	.35	.70
2	boîtes de corn flakes	.18	.36
2	livres de thé	.50	1.00
2	livres de café	.50	1.00
25	livres de sucre granulé	.11	2.75
12	boîtes de lait condensé	.15	1.80
16	livres de lard	.32	5.12
4	livres de sucre du pays (érable)	.15	.60
1	chaudière de graisse (5 livres)		1.25
2	livres de raisin	.15	.30
1	livre de paparmanes		.20
6	livres de ficelle de coton	.40	2.40
			$ 17.48

— Combien ça fait ? demandait Stanislas Métivier à son fils, en mettant le pouce sur le résultat de l'addition.

L'enfant penchait la tête sur le pupitre jusqu'à toucher la feuille de papier. Sa langue pointait entre ses dents. Il suçotait la mine de son crayon.

— Seize piastres et quarante-huit cents, annonçait fièrement l'enfant.

— C'est pas ça. Recommence.

Les bons travaillants gagnaient un dollar par jour. Eux aussi devaient recommencer longtemps leurs additions, le soir, sur la table de la cuisine, pour nourrir les dix, douze enfants que la Providence leur envoyait. Mais, quand l'heure était venue de faire les comptes, Stanislas Métivier savait se montrer conciliant.

— La femme a été malade, expliquait l'homme. A fallu faire venir le docteur.

— Tu me paieras à la prochaine récolte, annonçait Stanislas Métivier.

— Ah ! merci ben ! Vous êtes ben blode. Le bon Yeu vous revaudra ça cent fois. Vous pouvez être sûr qu'on vous oubliera pas dans nos prières.

En agissant ainsi, Stanislas Métivier ne mettait pas son commerce en péril. Il fondait sa prospérité sur des clients autrement plus importants que ses pauvres concitoyens. Le village de Mékinac constituait la principale étape vers le nord de la Mauricie. Stanislas Métivier avait lui-même contribué à l'édification du chemin de fer qui le reliait dorénavant à Trois-Rivières. Une grande scierie, celle des Ritchie, y était déjà en fonction. Une autre entreprise, celle des Drummond, y entretenait des fours à charbon de bois. Et surtout, les Hall, les Gilmour, les Baptist, les Price, les Russell et les Parker exploitaient d'importantes coupes de bois dans les forêts du Nord. Des milliers d'hommes à vêtir et à nourrir, à pourvoir de haches et de tabac.

Stanislas Métivier n'avait pas agi au hasard quand il s'était porté acquéreur du magasin-général de Mékinac. Tout l'approvisionnement de la Haute-Mauricie lui passait entre les mains. Si bien que pas plus du dixième de toute la marchandise qui lui parvenait ne prenait place sur les tablettes du magasin-général. Des wagons entiers de couvertures de laine, de foin pour les chevaux, de barriques de lard et de mélasse, transitaient entre la voie ferrée, les entrepôts de Stanislas Métivier, les barges à fond plat des compagnies et les convois de traîneaux qui se formaient, en hiver, sur la glace de la rivière. Des milliers de tonnes d'articles les plus divers.

Félix fréquenta l'école du village. Une seule maîtresse pour les six divisions. Lecture, écriture, calcul et catéchisme. Dans la province de Québec, en 1900, l'enseignement des commandements de Dieu n'était pas réservé au seul curé. Toute la société s'articulait autour d'un principe fondamental : on était sur terre pour souffrir afin de se mériter une place de choix dans l'Au-delà. L'école n'y faisait pas exception.

On y apprenait à lire dans *La Vie des Saints*. On y comptait les hosties, les ciboires et les patènes. On y estimait combien de temps il faudrait, à une âme du purgatoire, pour racheter seize péchés véniels, à raison de cinq années d'atroces souffrances pour chaque offense. Aucune matière qui ne fût prétexte à l'édification morale des âmes. Félix se montra docile et vif d'esprit.

Pendant les six années de ses études primaires, il développa trois aptitudes fondamentales. Il apprit d'abord à respecter l'autorité, celle de ses père et mère, celle de la maîtresse d'école, celle du curé. Il acquit l'esprit d'initiative en organisant divers petits commerces parallèles à l'activité du magasin-général, porter la commande d'une dame âgée, aider au chargement de planches sur une barge ou classer des clous dans des casiers. Il développa enfin un grand respect pour la nature, ses mystères comme ses beautés. Le collège devait bientôt tremper son individualité.

Il fit son Cours commercial au collège d'Arthabaska. C'était sur la rive sud du fleuve, à plus de cent milles de Mékinac. Les Frères du Sacré-Cœur dirigeaient l'institution. Félix apprit la tenue des livres, la comptabilité et la pratique des transactions bancaires. Il fit surtout l'apprentissage de la solitude. Pensionnaire dix mois par année entre des murs austères. Le flot des prières rythmait sa vie intérieure. En s'éveillant le matin : « Seigneur, mon Dieu, je vous supplie très humblement de m'éclairer, de me guider et de me conduire de telle sorte que je puisse en toutes choses vous plaire et accomplir votre sainte volonté. Ainsi soit-il. » En cours de journée : « Je vous offre, ô mon Dieu ! les œuvres que je vais faire ; puissiez-vous en être glorifié ! Je les unis aux œuvres saintes que faisait votre Fils bien-aimé, Notre-Seigneur Jésus-Christ, lorsqu'il était sur terre. Je vous supplie très humblement de m'éclairer, de me guider et de me conduire de telle sorte que je puisse en toutes choses vous plaire et accomplir votre sainte volonté. Ainsi soit-il. » De même, le soir, au dortoir, en se déshabillant : « C'est en vous, c'est par vous, très aimable Jésus, que je veux prendre le repos nécessaire à la nature. Plaise à votre bonté me préserver cette nuit de tout mal, m'accorder sa sainte bénédiction, et me conduire à la vie éternelle. Ainsi soit-il. »

Il ne se plaignit jamais de son sort. Il ne protesta pas quand on l'envoya à Belleville, en Ontario, au Business College, apprendre l'anglais. Il se bagarra une fois, et l'emporta haut la main, parce qu'on l'avait traité de « French Canadian Pea Soup ! » Ses condisciples le laissèrent tranquille. On le croyait puni, dans sa solitude. Il affermissait sa détermination.

Il avait seize ans. L'ombre d'une moustache. Il apparaissait évident qu'il dépasserait la taille de son père. Un après-midi, il fut mandé au bureau du directeur.

— Your father has died.

Il y avait un crêpe noir sur la porte du magasin. Les stores des vitrines descendus. L'horloge était arrêtée. Le père reposait sur des planches placées sur des tréteaux, au centre du magasin. Les cierges de la mort à la tête et au pied du défunt. A côté, sur un guéridon, une branche de sapin trempait dans un bol d'eau bénite. Félix aspergea la dépouille de son père. Il s'agenouilla. De l'assemblée, nombreuse, monta soudain une invocation :

— Que les âmes des fidèles défunts reposent en paix !

— Amen, répondit l'assistance.

61

— Sang précieux de Jésus, prononça un autre dévot,

— ... coulez sur son âme ! enchaîna la foule.

— Agneau de Dieu, qui enlevez les péchés du monde,

— ... pardonnez-nous, Seigneur.

— Agneau de Dieu, qui enlevez les péchés du monde,

— ... exaucez-nous, Seigneur.

— Agneau de Dieu, qui enlevez les péchés du monde,

— ... ayez pitié de nous.

Un mouvement se fit vers le fond du magasin. On y avait dressé des tables couvertes de nourritures diverses. Félix se dirigea de ce côté. A chaque pas qu'il faisait, il était intercepté par un des visiteurs qui lui prenait la main et murmurait, en baissant les yeux :

— Mes sympathies.

Une assez grande agitation régnait autour des tables. On mangeait, on buvait et on fumait en discutant, le tout sans ménagement ni arrière-pensée. La veuve se tenait un peu à l'écart, dans un fauteuil droit, déjà vêtue de noir, cachant son mouchoir blanc dans sa manche. On l'entourait.

— Il est parti ben vite, disait l'un.

— Je sais pas ce qu'elle va faire, la pauvre !

— Elle a toujours son garçon. Paraît qu'il parle l'anglais aussi bien que les Anglais.

— Il a toujours ben rien que seize ans !

— Le bon Dieu va lui apporter ses consolations. C'est une sainte femme.

Des mères, en ce pays, on ne trouvait rien de

mieux à dire qu'elles étaient des saintes femmes. Tout bien considéré, ce n'était pas un compliment, car leur sainteté était faite de résignation. Mais celle-ci, Laura Lamontagne, épouse et désormais veuve Métivier, savait garder la tête haute en toute circonstance. Au lendemain des funérailles, elle rassembla son personnel au magasin. Son fils Félix assistait à la rencontre, bien entendu.

— Asteure, commença Mme Métivier, va falloir se retrousser les manches. On est pas pour laisser aller le magasin à la dérive. Je vous demande de pas faire ni une ni deux, pis de vous cracher dans les mains. Toi, Louison, les fous rires, garde-les pour un autre tantôt. Ephrem, je veux plus te voir assis sur les quarts de clous ! Ti-Gusse, combien de fois que mon défunt mari t'a dit de pas fumer dans l'entrepôt ? Toi, Jean-Charles, j'ai rien à redire contre toi. T'es le premier commis pis tu le restes. Pis toi, Félix, comme de raison, tu prends la place de ton père dans le bureau.

Vers la fin de la deuxième année de ce régime, Félix Métivier n'y tenait plus. Sa mère lui laissait la bride sur le cou. Il avait tout le magasin sur le dos. Un jour qu'il se trouvait à Trois-Rivières pour affaires, il se rendit secrètement à La Pérade, rencontrer un vieil ami de son père, le député Cyrille Courteau.

— J'ai une faveur à vous demander, commença le jeune homme. Si vous voulez, vous êtes capable de me faire avoir la job de commis de malle à bord du train Trois-Rivières-Mékinac.

— Qu'est-ce que tu vas faire de ton magasin ? s'étonna le député.

— On le vendra, répliqua Félix Métivier.

Le député s'offusqua :

— Es-tu en train de virer fou ? T'as le commerce le plus prospère de Mékinac, pis tu voudras lâcher ça pour devenir commis des postes sur les gros chars ?

— Comprenez-moi bien, expliqua Félix Métivier, je renâcle pas sur l'ouvrage, mais quand je vois ma mère s'échiner d'un soleil à l'autre, je me dis que je serais aussi bien de tout sacrer ça là, pis de me trouver une job. Avec mes gages, je pourrais m'arranger pour qu'elle manque de rien.

Le député ne quittait pas le jeune homme des yeux. Il sortit de derrière son pupitre et vint se planter devant le fils Métivier. Ce dernier se redressa sur son fauteuil.

— Ecoute-moi bien, ti-gars, prononça le député. Le bon Dieu t'a donné des responsabilités, c'est pas pour dételer parce que t'as le souffle un peu court. Tu dis que c'est pas la place de ta mère, le magasin ? Engage quelqu'un pour la remplacer.

Il enfonça sa main dans l'épaule de Félix avant de poursuivre :

— Ecoute-moi bien. Tant que je serai en vie, tu l'auras pas, ta maudite job de commis de malle. Si tu prends d'autres moyens pour l'avoir, je te la ferai perdre. Ta place est pas à trier de la malle dans un train. Non, ta place, c'est au magasin de ton père qu'elle est. Dans ton magasin. Comment ça s'est réglé, votre succession ?

— Ma mère a hérité de tout.

— Ben, tu vas la racheter, ta mère, mon garçon ! Si elle a besoin de garanties, qu'elle vienne me voir !

— J'ai rien que dix-huit ans ! protesta Félix Métivier.

64

Mais le député ne l'écoutait pas. Il conclut, après avoir émis un profond soupir :

— Ton père est parti ben vite. J'étais un de ses bons amis, pis je sais que ça lui ferait de la peine de voir que tu penses à dételer, de même. Ressaisis-toi ! Oublie ça, ces folleries-là, de commis de malle. Si tu veux, on parlera de ça à personne, que t'es venu me voir. Mais tu vas faire comme je te dis. Tu vas racheter le magasin de ta mère.

Le député Courteau se dirigea vers la fenêtre. Il réfléchit un moment avant de se tourner vers son jeune visiteur.

— M'a faire une affaire avec toi. Tu sais combien ça paye, commis de malle sur les trains ? Cent piastres par mois. Reviens me voir dans un an. Si ton magasin t'as pas rapporté cent piastres par mois, je te paye la différence. Compris ?

— Je suis retourné le voir, un an plus tard, conclut Félix Métivier à l'intention de Henri Ramier.

La nuit les avait entraînés si loin dans leurs confidences que les ténèbres commençaient à verdir aux carreaux du camp de Félix Métivier, au Panier percé. Devant eux, sur la table de pin, le cendrier débordait de cendre de pipe et de mégots.

— Mais je ne suis pas retourné le voir pour lui réclamer de l'argent, ajouta Félix Métivier. Je suis allé le remercier de m'avoir donné un coup de pied au derrière quand il le fallait.

— Vous ne l'avez jamais regretté ? demanda Ramier.

— J'ai tu l'air d'un gars malheureux ? répliqua Félix Métivier en repoussant sa chaise sur ses pattes de derrière.

Il se leva pour aller jeter un coup d'œil à la fenêtre.

— Il va faire clair dans une heure, dit-il. Je me demande si ça vaut la peine de se coucher.

— J'ai passé une partie de ma vie à peindre la nuit, déclara le Français. Ça ne m'a jamais empêché de faire mes journées.

— Ah! bon, s'étonna Métivier, je pensais que ça prenait la lumière du jour pour faire de la peinture.

— Pas quand on peint ce qu'on a dans la tête, rectifia le Français.

— Je connais rien là-dedans, conclut Félix Métivier. Allez vous préparer. Il va faire beau. Je vous emmène à la pêche.

5.

Une brume basse s'effilochait à la surface de la rivière Vermillon. Le rideau de scène trempait dans l'eau. Les éléments du décor apparaissaient un instant, un bosquet d'épinettes, un banc de sable, avant de se dissoudre dans le lait originel. En de telles circonstances, on entre au plus profond de soi et on entend sa vérité première.

Henri Ramier avait grandi au bord de L'Adour. L'école, à Paris, puis la guerre l'en détournèrent. La mort de sa mère le ramena chez lui. Le père avait vendu le magasin. Le fils chercha un toit pour les abriter tous deux. A quelques kilomètres de Mont-de-Marsan, dans une commune appelée Riscle, il découvrit le Guibourg, un grand bâtiment en ruine. Fit restaurer la demeure. S'y établit en permanence avec son père.

Il peignait la nuit, fenêtre ouverte sur le friselis de l'eau. Et les toiles que lui inspirait son émotion portaient la trace de cet amour immodéré de l'eau. Sa palette chantait l'univers ordonné des berges paisibles. Et quand il sortait de sa maison, le matin, après avoir déposé des centaines et des centaines de touches de couleur sur sa toile, c'est encore à L'Adour qu'il demandait de le revigorer. L'eau, donc, et toujours.

Après la nuit blanche qu'il venait de passer en compagnie de Félix Métivier, dans son camp du Panier percé, les brumes de la Vermillon l'enivraient. Il était assis à l'avant du canot, le béret bien rond sur la tête, la pipe au bec, et il lançait sa mouche à petits coups réguliers qui mesuraient la profondeur du silence. Félix Métivier pagayait à l'arrière, le regard tranquille derrière ses lunettes rondes. Ramier se mit à rêver à voix haute.

Il inventait un paysage à la dimension de ses souvenirs. Des métairies basses sur les berges de la rivière. Des sentiers partout. Des hameaux sertis d'épinettes. Des prés clos. Des troupeaux dociles et des fermes prospères. Des landes, des marécages et des ruisseaux, une nature heureuse à dimension humaine. En quelques paroles, Félix Métivier défit ces châteaux de sable.

La Haute-Mauricie défiait toute domestication. Sur vingt-quatre mille milles carrés — plus de soixante-deux mille kilomètres carrés — régnait la forêt inviolée, traversée du Nord au Sud par les trois cent soixante milles — cinq cent quatre-vingts kilomètres — du cours du Saint-Maurice, lui-même tributaire de vingt-quatre affluents. Sans compter les milliers de lacs de toutes dimensions, souvent reliés entre eux par des décharges tumultueuses. Une dénivellation de trois mille cent pieds en rendait le cours infranchissable. Six chutes sur la seule distance de quarante kilomètres. Des rapides à vous casser le cou. Le pays le plus rude qui se puisse imaginer, sur près de quatre fois la superficie du Gers !

Les Indiens occupaient ce territoire depuis dix

mille, peut-être quinze mille ans avant l'arrivée des Blancs en terre d'Amérique. Ils avaient peuplé la forêt des esprits de leurs ancêtres. Révéré des arbres, vénéré des pierres, sanctifié des baies. Pendant ces milliers d'années, il ne leur vint pas à l'idée de modeler le paysage autrement qu'il se présentait naturellement.

Ils vivaient en bordure des cours d'eau. Ils inventèrent le canot d'écorce. Quand ils pénétraient à l'intérieur des terres, ils contournaient les obstacles ou s'en faisaient des balises pour marquer leur progression. Une civilisation silencieuse.

A leur tour, les Français se lancèrent à la conquête d'un arrière-pays qu'ils croyaient débordant de richesses. Comme ils ne disposaient que de leurs propres forces pour affronter la démesure des éléments, ils eurent recours au canot des Indiens pour pénétrer ces terres inconnues.

Cette fragile embarcation présentait l'avantage de la légèreté. Un obstacle se dressait-il devant les voyageurs, on mettait pied à terre, on chargeait son canot sur ses épaules et on longeait la berge sur un sentier de portage jusqu'à l'endroit où la rivière reprenait un cours plus tranquille. Quitte à revenir chercher ses bagages, en une ou plusieurs courses.

L'approvisionnement des premiers chantiers de la Haute-Mauricie s'était fait ainsi. On estimait que pour un homme travaillant en forêt, il fallait entretenir six portageux. Les poêles, les barils de lard, les sacs de farine, l'avoine et les ballots de foin pour les chevaux, on transportait tout en canot et sur le dos des portageux.

— P'tit Louis Descôteaux ! lança Félix Métivier,

c'était un fameux portageux. Ce qu'il a fait, poursuivit-il, je pense pas que bien des hommes d'aujourd'hui pourraient le refaire. Il était au rapide des Hêtres, avec ses compagnons. Ils se mettent à transporter leurs affaires. Un homme de bonne corpulence pouvait porter jusqu'à trois cents livres. Ça fait pas loin de cent quarante de vos kilos, ça, monsieur ! Comprenez bien que tout le monde pouvait pas en faire autant. Un homme ordinaire, quand il s'était mis deux cents livres sur le dos, il avait son voyage ! Mais voilà-t-il pas qu'un autre groupe de portageux arrive au rapide des Hêtres. Parmi eux, il y avait Thomas LaHache. Un Indien. Deux mètres. Un vrai géant. P'tit Louis Descôteaux rencontre Thomas LaHache sur le chemin du portage. L'autre avait quatre pièces de cent livres sur le dos. Cent quatre-vingts kilos. En redescendant, les autres portageux regardaient P'tit Louis sans rien dire, mais ils se demandaient s'il pourrait en faire autant. P'tit Louis prend sa charge. Une pièce, deux pièces, trois pièces, quatre pièces. Vous savez comment c'est arrangé ? Le portageux a un collier de cuir qui lui passe sur le front. Le collier pend par derrière. On met une pièce de cent livres dessus, puis une deuxième, rarement une troisième. Jamais une quatrième. Mais voilà que P'tit Louis Descôteaux demande à ses compagnons d'en mettre une cinquième. Deux cent vingt-sept kilos. Pendant que les autres arriment la charge, le portageux est assis sur une souche. Quand tout est prêt, il doit se lever. Personne pensait que P'tit Louis viendrait à bout de se lever. Il l'a fait, sans perdre l'équilibre. C'était rien que le commencement. Il y avait la côte à monter.

P'tit Louis s'est mis à marcher. Il avait le pas pesant, pas besoin de vous le dire ! Les autres le suivaient pour voir ce qui allait se passer. Il a marché de même pendant trois quarts de mille. Ça fait à peu près un kilomètre. Quand il a croisé LaHache, l'autre a pas dit un mot puis il a baissé les yeux. Il avait compris. Au prochain tour, l'Indien avait ses trois cents livres sur le dos.

— Un vrai pays de géants ! s'exclama Ramier.

— Non ! objecta Félix Métivier. On est pas plus grands que personne d'autre. J'ai appris ça dans ma vie. C'est les circonstances qui vous grandissent. Ou qui vous cassent. C'est selon. Nous autres, on n'a pas le choix. Faut se battre. Hiver comme été.

Le canot dérivait dans une anse de la rivière. La brume commençait à se dissiper. Une falaise édentée se dressait à leur vue. Des épinettes agrippées à ses flancs pointaient leur cime presque à l'horizontale. Henri Ramier souligna la majesté du paysage. Félix Métivier en profita pour lui révéler un autre aspect du développement de la Haute-Mauricie. Ces escarpements y avaient fait obstacle pendant cinquante ans.

Le flottage du bois sur les rivières avait rendu l'usage du canot d'écorce périlleux. Un choc inattendu, la fragile peau crevait et l'embarcation coulait. Les hommes pouvaient toujours nager. Pas le matériel.

On eut recours aux barges d'Ottawa. Elles avaient été mises au point sur la rivière Outaouais. Longues d'une vingtaine de pieds — six mètres —, l'avant et l'arrière fortement relevés, leur fond plat et étroit en faisait des embarcations d'une souplesse étonnante.

Un homme à l'avant, quatre au milieu et un autre à l'arrière, manœuvrant une rame presque aussi longue que la barque. Les rameurs suaient et soufflaient à propulser la barge contre le courant.

Quand un obstacle se présentait, il ne fallait pas songer à porter la barque. Une autre embarcation attendait les portageurs en eau calme. Mais il fallait chaque fois transporter sur son dos les six mille livres de la charge. Soixante ballots de cent livres. Vingt aller-retour. On construisit des chalands.

C'étaient de grands pontons rectangulaires, la proue et la poupe légèrement relevés. Ils mesuraient quinze mètres de longueur et trois de largeur. Ils portaient la charge de quatre barges d'Ottawa. Six rameurs, deux chevaux et une voile les actionnaient.

Ce n'était pas facile d'y faire monter les chevaux. Pour y parvenir, ils devaient franchir des passerelles précaires. Mais quand l'état des berges le permettait, on descendait les bêtes qui halaient le chaland. La vue des falaises donnait cependant le signal d'un branle-bas de combat. On remontait les chevaux et on appuyait sur les rames et les perches. Douze mille kilos à pousser contre le courant. Une consolation cependant : par gros temps, on n'avait pas d'autre choix que d'accoster et de se mettre à l'abri sous la cabane du chaland. Dans les meilleures conditions, il fallait compter quatre jours pour franchir la distance qui séparait Mékinac de La Tuque. Heureusement, les Américains introduisirent la navigation à vapeur sur le Saint-Maurice.

C'était déjà l'usage sur le Mississippi. Les pyroscaphes donnaient le vertige aux accoucheurs des temps nouveaux. Dorénavant, rien n'arrêterait l'entreprise des hommes. Les Américains vinrent à Mékinac faire la démonstration de la vraisemblance de l'entreprise. Leur navire navigua deux ans mais, à la mort du propriétaire, la compagnie fut dissoute et le bateau vendu. Le gouvernement provincial décida alors de prendre la relève en construisant le plus grand navire à vapeur jamais mis en service sur le Saint-Maurice.

Le jour prévu pour l'inauguration, un train spécial quitta Québec. Le Premier ministre, monsieur Joly, le lieutenant-gouverneur, les ministres, les conseillers législatifs, les députés, de même que les officiers du vaisseau français *La Galissonnière*, traversèrent triomphants les villages où la population se massait sur le quai de la gare pour saluer l'aréopage.

A Mékinac, pendant que les invités se regroupaient sur le pont du steamer, le Premier ministre Joly s'avança sur la jetée, tête nue, éparpillant dans son avancée les bribes de son discours. Il rappela la carrière prestigieuse d'un ancien Gouverneur de la colonie, le marquis de la Galissonnière. Il salua la présence pertinente dans les eaux canadiennes d'un cuirassé français portant justement le nom de ce grand homme. Ce à quoi le commandant du navire, l'amiral Peyron, s'avança sur la dunette et fit écho aux propos du Premier ministre en des termes d'une rare élégance.

Alors, le *La Galissonnière* de Mékinac poussa au large, au milieu des vivats, et pendant sept milles le pont retentit de chants et de rires. Soudain, la puissante coque s'immobilisa et les appels de vapeur ne purent la dégager du banc de sable sur lequel elle s'était engagée. On ramena les passagers à terre à bord d'un chaland. Ils s'en furent terminer leur joyeuse excursion aux Trois-Rivières. Et le *La Galissonnière* resta au quai de Mékinac où on l'avait remorqué. Son trop fort tirant d'eau lui interdisait toute navigation sur le Saint-Maurice. Il fut enfin dépouillé de ses engins et abandonné sur la côte. Félix Métivier devait prendre la relève. Il n'avait que vingt ans.

Divers entrepreneurs avaient mis des vapeurs en service sur le Saint-Maurice. Avec plus ou moins de succès. L'un de ces navires consommait tant de charbon que son carburant occupait tout l'espace prévu pour la marchandise. Un autre s'essoufflait dans le rapide Manigonce qu'il parvenait rarement à franchir. Félix Métivier s'ouvrit de ses réflexions à sa mère.

— C'est pas qu'ils sont trop gros. Ils seront jamais trop grands, les bateaux du Saint-Maurice. Mais ils sont trop lourds et il leur faut trop d'eau. En même temps, ils manquent de puissance. Je vais construire un bateau plus léger et j'y mettrai un engin plus puissant.

— Plus facile à dire qu'à faire ! fit observer la mère de Félix Métivier.

Mais il y avait une lueur de défi dans le regard de cette femme. Son fils portait le col de celluloïd et la cravate. La veste bien droite. Le gilet boutonné. Les bottines toujours reluisantes. On pouvait lui faire confiance. Félix Métivier ajouta :

— Pensez-y comme il faut. Nous autres, ici, avec notre magasin, on fournit les trois grandes compagnies qui coupent du bois pour leurs usines de papier, l'Union Bag, la Belgo et la Laurentide. Dans pas grand temps, j'aurai les deux autres, la Wayaga-mack et l'International. Ça fait des milliers de tonnes de marchandises, du matériel, des véhicules, des hommes, des chevaux. Il me reste rien qu'un pas à franchir : transporter moi-même ce que je vends.

— Mais les compagnies ont leurs propres bateaux ! protesta la mère de Félix.

— Parce que personne s'est proposé pour le faire à leur place !

— Alors, va de l'avant ! trancha la mère de Félix Métivier. Celui qui n'avance pas recule.

Il construisit d'abord un grand chaland à aube, *La Tourniquette*. On se moqua de lui quand il se porta acquéreur du *Vaillant,* un autre de ces mastodontes qui ne trouvaient jamais assez d'eau dans la rivière pour naviguer. De fait, Félix Métivier venait d'élimi-ner un concurrent. Mais c'est avec l'introduction du moteur *Buffalo* qu'il connut son heure de gloire.

Il avait secrètement commandé le prospectus de New York. Il l'avait étudié pendant de longues soirées, à la lueur de la lampe, sur le pupitre même où son père lui avait appris à faire ses additions. Il équipa ses navires de moteurs *Buffalo.*

Félix Métivier avait racheté les bateaux de deux autres de ses concurrents. Il entretenait maintenant une flottille de cinq unités sur le Saint-Maurice. Dorénavant, les liaisons seraient effectuées à heure fixe entre Mékinac et La Tuque.

Le soleil avait fini par pomper l'humidité de l'air. La brume s'était levée. Avec la montée du jour, les truites avaient filé vers les fonds ombreux de la rivière. Une vingtaine d'entre elles sautillaient cepen-dant au fond du canot.

— Qu'est-ce que vous diriez si on rentrait au camp ? demanda Félix Métivier.

— Je ne vous cache pas que ma nuit blanche commence à me peser, répondit Ramier.

— Un bon gueuleton, ajouta Métivier. Le couque va prendre soin de nos poissons.

— Une petite sieste peut-être ? renchérit Ramier.

Félix Métivier dirigea la pince de son canot vers l'embarcadère du Panier percé. Henri Ramier se tourna vers son hôte.

— Voyez-vous, ce qui m'étonne, commença-t-il, et cela me fait beaucoup d'honneur en même temps, c'est de voir que vous consacrez tout ce temps à mon humble personne.

— Je ne vous le cache pas, rectifia Félix Métivier, si vous étiez venu un mois plus tôt, j'aurais pas eu une minute pour vous.

— Il n'empêche... poursuivit le peintre.

Mais Félix Métivier l'interrompit :

— Vous savez, vous êtes pas le premier personnage important que je transporte. Du temps que j'avais mes bateaux, un jour, le grand boss de la Wayagamack, c'était avant que je fasse affaire avec eux autres, vient me trouver et me dit : « Il faut que j'aille de toute urgence à La Tuque. » J'avais un petit bateau pour ça, *Le Lièvre*. Ça marchait, ça, monsieur, vingt milles à l'heure de moyenne. Je fais ni une ni deux, j'embarque mon bonhomme, il se nommait Greenwood, puis je le mène à La Tuque. Six heures. En arrivant, il me demande : « Combien je vous dois ? » Rien, je lui dis, vous êtes mon invité. Alors, il me dit comme ça : « Si c'est de même, je vais me souvenir de vous. » Il a tenu sa promesse. J'ai eu le contrat de la Wayagamack comme les autres.

— Mais moi, protesta Ramier, je n'ai rien à vous proposer en échange.

— Une chose, rectifia Félix Métivier. Votre amitié.

Et il fit glisser le flanc du canot le long de l'embarcadère.

6.

Ils marchaient depuis une heure, Félix Métivier devant, l'abbé Tessier au milieu, Henri Ramier derrière. Ils s'étaient mis en route assez tard. Félix Métivier avait dû s'enfermer dans son bureau pour régler des questions urgentes avec ses employés. Ils avaient quitté le Panier percé vers les dix heures. Félix Métivier avait dit :

— Si ça vous tente, on va aller marcher dans le bois. Il y a rien qui repose autant.

Ils s'étaient chargé chacun un petit sac sur le dos. Le soleil filtrait à travers la cime des conifères. Ils progressaient sur un terrain bosselé où se dessinait par endroits la trace d'un ancien sentier. Des branches basses les giflaient au passage. Ils traversaient des nuages compacts de moustiques. Le soleil tapait dru. Ramier ressentait une moiteur dans le cou et aux aisselles. Et l'abbé Tessier s'extasiait comme un enfant :

— Batêche ! il y a tu quelque chose de plus beau ? Regardez-moi ça !

Et il s'arrêta à la limite d'un coteau, devinant le ruisseau qui serpentait dans l'ombre de la baisseur, sous les épinettes.

— Quand je pense qu'en ville, il y a du monde qui connaîtront jamais ça !

Et il posa son sac à ses pieds pour en tirer la ciné-caméra qui ne le quittait jamais. Ecartant ses courtes jambes, bien campé sur le sol à la façon d'un paysan, il remonta le ressort de l'appareil qui se mit à cliqueter dans le silence heureux. Pendant ce temps, Ramier s'était assis sur une souche. Félix Métivier l'y rejoignit.

— Comme ça, vous faites de la peinture? commença l'entrepreneur forestier.

— J'ai treize expositions à mon actif, répondit le peintre en souriant.

— Quand c'est que vous trouvez le temps de faire tout ça?

Ramier parut surpris.

— C'est mon métier, expliqua-t-il. Mon gagne-pain aussi.

— Vous voulez dire, insista Félix Métivier, que vous faites rien d'autre? Vous êtes pas professeur ou quelque chose comme ça?

— Rien d'autre, insista Ramier. Et je trouve que c'est déjà beaucoup.

L'abbé Tessier les rejoignit. Tout en rangeant son matériel dans son sac, il n'avait rien manqué de la conversation. Il jugea utile d'ajouter son grain de sel à l'intention de Félix Métivier.

— Dans la vieille Europe, expliqua-t-il, il y a toujours eu des gens qui ont gagné leur vie avec les arts. Dans le temps, les rois leur versaient des pensions. Aujourd'hui, c'est les galeries qui leur font des avances.

— On peut vivre de ça? insista Félix Métivier. Combien qu'ils vous donnent par peinture?

— Cent, mille, dix mille dollars, répondit Ramier.

Félix Métivier siffla entre ses lèvres.

— C'est payant ! s'exclama-t-il.

— Mais attention, enchaîna le peintre, on ne vend pas tous les jours. C'est pourquoi nous devons compter également avec les conférences, les jurys, les commissions. Divers émoluments que nous touchons en plus de nos ventes. Sans oublier les avantages en nature.

Félix Métivier et l'abbé Tessier se regardèrent, incertains du sens à donner à cette dernière affirmation. Amusé, Ramier les rassura.

— J'entends par là les privilèges de l'accueil. Comme celui que vous me faites, monsieur.

Félix Métivier fit un geste de la main comme pour chasser des moustiques.

— Oubliez ça. C'est rien.

Mais Ramier ne l'entendait pas ainsi. Il insista :

— C'est infiniment précieux, vous savez. Et pas seulement pour la bourse.

Embarrassé, Félix Métivier se remit en marche. Henri Ramier le suivit. L'abbé Tessier trottinait derrière eux en essayant de rajuster les bretelles de son sac sur ses épaules. Ils n'avaient pas fait vingt pas que Félix Métivier se tourna de nouveau vers Ramier.

— Je peux pas dire le contraire, je les ai jamais vus, vos tableaux. Mais ça m'intrigue.

Henri Ramier sentit que le moment était venu de s'expliquer. Ses pas rythmaient le débit de ses paroles.

— S'il n'y avait pas eu la guerre, je ne serais sans doute pas devenu peintre. Je me destinais à l'enseignement. Mais je voulais donner un sens particulier à ma vie. J'avais l'ambition d'enseigner à l'étranger,

81

l'Afrique du Nord, l'Afrique noire, l'Indochine. Peut-être même serais-je venu au Canada français ?

— Puis nous autres, on aurait été privés d'un des plus grands peintres français ! fit observer l'abbé Tessier qui, depuis la rencontre initiale de Trois-Rivières, avait trouvé le temps de mettre le nez dans deux ou trois gros livres qui reproduisaient quelques toiles de son hôte.

Mais les compliments embarrassaient Ramier. Il fit dévier la conversation sur l'essentiel, son art.

— C'est la guerre, comme je vous l'ai dit, qui a tout déclenché. Au front, j'avais fait des croquis. J'étais au Chemin des Dames, moi, monsieur. J'ai été atteint de trois balles. J'ai mis six mois à m'en remettre. Physiquement j'entends. Moralement, ce fut beaucoup plus long.

— J'ai vu l'un de vos tableaux de guerre, intervint l'abbé Tessier. Il était reproduit dans un livre que j'ai emprunté à la bibliothèque des Trois-Rivières. Ça s'intitule *La Peur au ventre*.

— A juste titre, fit observer Ramier. Mes tableaux de ces années-là ont la couleur de la boue. On a parlé de ma période hallucinée.

— Evidemment, vous autres, en Europe, dit Félix Métivier comme s'il se parlait à lui-même, vous avez vu ça de proche, la guerre. Nous autres, de ce côté-ci, c'est pas pareil. Moi, j'avais charge de famille. J'ai pas été appelé sous les drapeaux. Mais je comprends que ça peut marquer un homme.

— C'est la nature qui m'a sauvé, enchaîna Ramier. A deux points de vue. Moralement d'abord. La beauté de la nature a pansé mes plaies. Je dis beauté, mais ce n'est pas le terme exact. Il faudrait parler de vérité. La franchise de la nature. Et la nature m'a sauvé sur le plan artistique également. Quand j'ai exposé ma première série de tableaux inspirés des berges de l'Adour, les pontifes parisiens se sont dits rassurés. Mes tableaux de la guerre leur paraissaient répondre davantage de la psychanalyse que d'une démarche artistique.

— Vos œuvres de lumière ! fit observer fièrement l'abbé. C'est à partir de là que ça s'est mis à se vendre.

— Je ne suis pas devenu un homme du monde pour autant, précisa Ramier. Mes tableaux étaient à la devanture des meilleures galeries de Paris, et plus tard de New York. Ça ne me donnait pas l'envie, pour autant, de mettre des bottines lacées pour aller boire à la terrasse des cafés à la mode. J'allais à Paris, je faisais ce que j'avais à y faire et je rentrais chez moi. Je me suis toujours senti plus à l'aise en compagnie des braconniers que de mes confrères.

Félix Métivier suspendit sa marche.

— Vous fréquentez les braconniers ? demanda-t-il.

— Je le confesse, admit Ramier. Voyez-vous, dans le Gers, tout le monde est plus ou moins braconnier. C'est un état qui se transmet de père en fils.

Félix Métivier était chagriné. Il allongea le pas pour n'en laisser rien voir. Vers midi, ils parvinrent en vue d'une cabane de construction sommaire, billes de bois posées les unes sur les autres et toiture de bois également, recouverte de mousse.

— On va s'installer ici pour prendre une bouchée, dit Félix Métivier.

Pendant que l'abbé Tessier et le peintre Ramier

rassemblaient des branches mortes pour le feu, Félix Métivier déballa les provisions. Une marmite pour faire bouillir des patates. Des oignons coupés en quatre et du lard salé finement tranché. Félix Métivier instruisit Ramier du procédé pour faire cuire le lard. On piquait la tranche de lard sur les pointes effilées d'une branche fourchue qu'on avait taillée aux dimensions d'une longue fourchette à deux dents. On tendait le lard au-dessus du feu. La flamme douce le faisait fondre en grosses gouttes qu'on recueillait sur du pain. Le lard grillait. On le croquait en avalant une bouchée de pomme de terre et un quartier d'oignon.

— Vous devinerez jamais comment on appelle ça, nous autres, dit l'abbé Tessier, du lard de même. Des oreilles de Christ. C'est pas très respectueux pour l'anatomie de notre Seigneur, mais c'est bon en Batêche !

Ils rirent tous les trois et ils s'allongèrent sur la mousse, appuyés sur un coude, pour boire le thé des bûcherons. L'après-midi s'ouvrait devant eux. Le printemps déboulait vers l'été. Le temps leur appartenait. Félix Métivier alluma une autre cigarette. Ramier bourra sa pipe. L'abbé Tessier tirait déjà sur son cigare. Il tourna la tête vers la cabane.

— J'ai connu les gars qui ont bâti ça, dit-il.

Félix Métivier renchérit :

— Ouais, plutôt que de fréquenter les braconniers, vous devriez faire des peintures pour montrer la vie de ces gars-là.

Et de fil en aiguille, Félix Métivier et l'abbé Tessier racontèrent à un Ramier très attentif tout ce qu'ils savaient respectivement de l'histoire de Laurent

Lalancette et de Jean-Gilles Beaupré. Deux faces opposées mais indissociables de la personnalité canayenne, une même illustration de la marche du destin.

L'abbé Tessier avait fait la connaissance de Lalancette dans la paroisse qu'habitait ce dernier, en bordure du fleuve. Il ne voulut point la nommer. C'était dans la riche plaine agricole sur laquelle se dressent les maisons avec leurs galeries comme des coursives de bateau. L'abbé présentait ses films. On lui avait proposé de s'installer chez Lalancette. « C'est grand, il y a de la place, puis c'est au milieu du rang. Les habitants vont pouvoir venir des deux bords. Puis c'est facile à reconnaître, il y a un grand Calvaire d'un côté de la maison, avec l'école de l'autre. »

Laurent Lalancette était taillé en ours, membres forts et haut sur pattes. Son crâne tondu comme un œuf laissait voir de grandes oreilles un peu rabattues. Un bon rire franc et un regard bleu. Sa femme, Marguerite, était une boulotte agitée. Ses onze enfants ne la quittaient pas.

Ils accueillirent la visite comme des grands seigneurs, avec du thé, du lait, des biscuits et des beignets. Les hommes échangèrent leur tabac. Ils s'installèrent comme ils purent, sur les fauteuils, le divan, les chaises et les bancs de la cuisine. Les enfants occupaient toutes les marches de l'escalier. La noirceur tombée, on tendit un drap de lit devant la fenêtre de la salle.

La représentation commença. L'abbé présenta *Hommage à notre paysannerie* et *Gloire à l'eau*. Bien entendu, il profita de la circonstance pour accomplir sa mission de propagandiste des Ecoles de bonheur en projetant *Femmes dépareillées*. Il allait enchaîner avec *Pour aimer ton pays* quand la porte s'ouvrit, livrant passage à un retardataire. L'abbé n'en fit pas de cas mais force lui fut de constater que la venue de ce visiteur soulevait une commotion. Des murmures, des reproches formulés à voix de plus en plus haute et enfin une sommation distincte à quitter les lieux. On interrompit la représentation et on ralluma la lumière.

Un grand garçon dans la fin de la vingtaine se tenait devant la porte, le regard effronté, la visière de la casquette relevée sur le front. Jean-Gilles Beaupré. Le diable en personne, au dire des paroissiennes. L'âme damnée de Lalancette.

Les convives ne se privèrent pas de lui faire savoir combien sa présence était importune. « Ben quoi ! protesta Beaupré, les p'tites vues, c'est pour tout le monde ! » « Pas pour les sans-cœur de ton espèce ! », s'entendit-il répondre. Déjà les poings lui démangeaient au bout des bras. Deux costauds du voisinage l'escortèrent sur la galerie. Leurs pas martelaient les planches. Allaient-ils se battre ? On comprit que Beaupré avait accepté de s'éloigner quand il lança dans la nuit : « M'en sacre de vos petites vues ! Me sacre de vous autres aussi ! Toute la gang ! Y a parsonne qui va m'empêcher de faire ce que je veux ! Vous avez compris ? Parsonne ! »

L'inévitable se produisit. Le lendemain, Laurent Lalancette s'enferma dans sa boutique. Il ne supporta même pas que ses enfants viennent l'y trouver. Il bardassa ses outils. Il planta deux ou trois fois sa hache dans les planches des murs. Fourra un coup de pied au chat qui venait d'entrer en se glissant sous la porte disjointe. Et ne ressortit qu'à l'heure du souper. Avala son bol de soupe et s'assit dans sa berceuse, face à la fenêtre. Contempla ses champs jusqu'à la noirceur. Monta se coucher avant tout le monde et se tourna du côté du mur. Son vice l'avait repris.

Depuis quatre ans, il montait trapper chaque hiver avec Beaupré. Cela avait commencé innocemment : « Les enfants sont grands, avait-il dit à Marguerite, ils peuvent faire le train, voir aux ravauds. Me demande, des fois, si je devrais pas prendre le bois. Trapper, les vieux ont fait ça ben avant nous autres. Ça rapporte gros. » Marguerite avait protesté. Depuis quand un homme de cinquante ans songeait-il à monter seul dans le bois en hiver ? Laurent avait enfin révélé qu'un dénommé Beaupré, un gars du Sud, c'est-à-dire de la rive opposée du fleuve, cherchait un partenaire pour la saison des fourrures. « Tu y penses pas ? avait objecté Marguerite, moi toute seule, ici dedans, avec les enfants ? » Mais Laurent avait dans le sang les bouillons tumultueux qui entraînaient déjà les coureurs des bois du régime français à l'aventure.

Cette année-là, il était monté en Haute-Mauricie dès les premiers jours de décembre. De même les trois hivers suivants. Mais chaque fois, à son retour, il jurait à Marguerite que c'était fini, qu'il s'enchaînerait à sa chaise pour ne pas repartir, s'il le fallait. Et chaque automne, il passait en secret chez le marchand-général commander le matériel nécessaire à sa prochaine saison de trappe.

C'était comme une maladie. Les ivrognes n'agissaient pas autrement. Une pulsion si forte qu'il ne pouvait y résister. Et voici que ce Beaupré était venu le relancer jusque chez lui ! On craignait le pire. Qui se produisit.

Le 5 décembre, Laurent embrassa sa femme et passa prendre son bagage au magasin-général. Il retrouva Beaupré derrière l'église. On les vit s'éloigner, le sac sur le dos, le manche de hache et les fusils dépassant de l'ensemble, en direction du rang Six.

Le premier jour était sans intérêt. Il s'agissait de héler un camion et de se faire déposer le plus haut possible en Moyenne-Mauricie, à Mékinac, par exemple. De là, on se glissait dans les convois que formaient les bûcherons. On atteignait ainsi, en deux jours tout au plus, les solitudes désertiques dans lesquelles s'enfonçaient en chantant les gars de chantiers. En remontant la rivière Vermillon, en vue d'une épinette tordue qui leur tenait lieu de balise, Lalancette et Beaupré quittèrent discrètement leurs compagnons. L'aventure commençait pour eux.

Jusque-là, Laurent Lalancette avait porté la pensée de sa femme et de ses enfants comme une douleur. Il n'ignorait pas qu'il leur faisait du mal. Mais en apercevant la piste qui gravissait les collines boisées, Laurent sentit son cœur battre sous l'effet d'un sang neuf. Ses poumons gonflaient comme des voiles. La tête si légère qu'il devait enfoncer sa tuque pour ne pas la perdre.

Liberté comme amour. Ne voit-on pas, de temps à autre, un homme abandonner la femme qu'il aime et les enfants qu'il a eus avec elle, parce qu'une flamme s'est rallumée dans son cœur ? Amour tout autant que haine. Et le criminel expliquera à ses juges qu'avant de commettre son forfait, il transportait une fourchetée de fumier vers sa brouette. L'instant d'après, il la plantait dans le dos de son maître. Passion aussi, et cet autre pleure en entendant de la musique. Mystique enfin. Les grands saints, parfois des hommes très humbles, ne s'enferment-ils pas dans des grottes pour contempler l'insaisissable ? On dirait que l'être humain passe sa vie à frôler les précipices de ses propres profondeurs.

Laurent Lalancette tira son violon de son sac. En marchant, il joua pour la nature, les arbres impassibles, les collines déroulées comme un tapis, les criques où coulait une eau pure. Il joua pour exprimer ce qu'il n'aurait su dire. Au soir, ils poussaient la porte de leur camp.

Ils travaillèrent deux jours à le remettre en état. Calfeutrer les interstices des billes avec de la mousse. Refaire les pieds de la table que les bêtes avaient rongées. Regarnir leurs couchettes de sapinages.

Quand cela fut terminé, ils préparèrent les pièges. Laurent resserra la babiche de leurs raquettes pendant que Jean-Gilles rivait la tôle de vieilles boîtes de conserve sur le tuyau du poêle, aux endroits que la rouille avait rongés.

Une semaine après, il neigea. C'était à la tombée du jour. Allongés sur leur couchette, ils ne dormirent pas. La neige leur chatouillait les idées. Beaupré se leva pour ouvrir la porte du camp. « J'ai jamais rien vu d'aussi beau ! »

Au matin, les traces de visons et de belettes étaient nombreuses dans la neige. Ils partirent chacun de son côté. Ils établirent leur ligne de trappe. Ils déposaient les pièges à mâchoires de fer sous les branches basses.

Tendaient à l'occasion des collets sur le passage des lièvres.

Ils s'éloignaient parfois jusqu'à une demi-journée de marche du camp. Le premier qui rentrait ranimait le feu. Il mettait à cuire la carcasse d'un lièvre. Ils consacraient leurs soirées à s'écouter fumer dans le silence fracassant de la forêt. Laurent jouait parfois du violon. Des airs nostalgiques. Beaupré se jetait alors sur sa couchette. Laurent rangeait son instrument et en faisait autant.

Ils dépouillaient les bêtes qu'ils attrapaient près du seuil de la cabane. La neige rougie sur une grande profondeur. Ils lançaient les cadavres écorchés en tas. Vifs, ils fumaient avant de raidir sous l'action du froid. Et la nuit, on entendait les pas des loups crisser sur la neige dure.

Certains soirs, ils faisaient les comptes. « Je te dois cent trente piastres, annonçait Beaupré. Je te revaudrai ça au printemps quand on vendra les peaux. » « Badre-toi pas avec ça, répliquait Laurent. On est pas icitte pour s'en faire ! » Et il entraînait son partenaire dans une partie de cartes endiablée.

Noël était un cap difficile à franchir. Le premier de l'an également. Ces jours-là, Laurent Lalancette s'interdisait de sortir. « Un Créquien travaille pas le jour que le bon Dieu est venu au monde ! » De son côté, Beaupré ne faisait pas de cas de ces cérémonies. Il relevait ses pièges comme de coutume. Peut-être même recueillait-il les prises de son compagnon et les mettait-il à son propre compte ?

Janvier, février. La solitude les enivrait. Ils ne pourraient quitter leur réclusion qu'en avril, aux neiges fondantes. Peut-être pas avant mai, quand la glace des lacs aurait calé. Pour tuer le temps, ils évaluaient leurs gains respectifs. Beaupré avait toujours le dessus sur son compagnon.

Un soir que Laurent jouait du violon, Beaupré marcha sur lui, se saisit de l'instrument et le cassa sur son genou. « J'en peux pu d'entendre ta maudite musique ! » Lalancette se leva d'un bloc. Ils se firent face un moment avant de se ruer l'un sur l'autre.

Ils se battirent comme des bêtes. L'épuisement seul les sépara. Ils saignaient tous les deux de la bouche. Lalancette ne voyait plus que d'un œil. Beaupré avait sans doute un bras cassé. Il ne pouvait plus le bouger. Malgré son handicap, il se mit à fourrer ses affaires dans son sac. « Où tu vas ? » « Mêle-toi de ce qui te regarde. » Beaupré sortit dans la nuit. Il neigeait à plein ciel.

Laurent Lalancette passa le reste de la nuit à la fenêtre. Espérait-il voir l'autre revenir ? Il sortit au matin, ivre de fatigue et d'inquiétude, instable sur ses raquettes. La tempête faisait toujours rage. Beaupré n'avait pas laissé de traces. Lalancette souhaitait qu'il ait pris la direction du Panier percé.

Par beau temps, c'était une course d'une demi-journée. Mais avec cette poudrerie... Lalancette marcha tout le jour. Il n'était pas certain d'aller dans la bonne direction. A l'heure bleue, il reconnut qu'il se trouvait sur le lac Kaouspcouta. Le vent avait cuit une croûte de glace sur la neige qui filait comme une fumée.

Il s'engagea sur le lac en direction du nord. A cette heure, ce n'était pas prudent. Laurent le savait. Il retrouva son compagnon à un mille de la rive. Epuisé, il avait basculé en avant et il était resté là, à genoux, la face dans la neige. Ses yeux vides regardaient la profondeur du froid.

Trop tard pour repartir. Lalancette se creusa un trou dans la neige, à côté du cadavre de Beaupré. Il s'y enfouit pour la nuit. Au matin, il attela son compagnon comme un traîneau et le remorqua jusqu'au Panier percé.

— Il est jamais retourné à son camp, conclut Félix Métivier. Il n'a même pas voulu venir prendre ses affaires. Il est parti avec la première équipe qui descendait à Mékinac. Mes hommes ont fait le ménage dans le camp. Ils ont mis son barda et les fourrures sur le train. Moi, j'ai jamais plus entendu parler de lui.

Ramier observait le lieu du drame. Félix Métivier s'était levé. Il piétinait consciencieusement les cendres du feu. Ils reprirent leur marche dans la forêt verdoyante du début de juin. En vue du Panier percé seulement, Henri Ramier ouvrit enfin la bouche.

— C'est promis, dit-il. Je ferai un tableau pour évoquer l'aventure de ces deux hommes. Il s'intitulera tout simplement *Lalancette et Beaupré*.

7.

Le lendemain matin, ils roulaient en direction de Trois-Rivières. C'était un jour gris. Félix Métivier conduisait la Packard en gardant les deux mains sur le volant, le corps penché en avant et les yeux plissés derrière ses lunettes. A ses côtés, Henri Ramier tendait le cou pour voir le paysage par-dessus le tableau de bord.

Une bruine montait de la chaussée. Les essuie-glaces battaient le rythme des confidences. Plus tôt, au réfectoire, Félix Métivier avait mis la main sur l'avant-bras de son invité.

— A matin, si ça vous dit, je vous emmène à Trois-Rivières. J'ai quelqu'un à voir. Je serais pas fâché de vous le faire rencontrer.

En route, Félix Métivier s'ouvrit à son invité comme à un ami de toujours. Ce qu'il ne s'autorisait pas souvent.

— J'ai pas eu le temps de faire mes folies de jeunesse, commença-t-il. J'ai été adulte avant.

Ramier sourit. Il n'imaginait pas Félix Métivier entraînant de joyeux compagnons dans les beuveries de la jeunesse. Il ne le voyait pas non plus se battre à la porte des auberges. Les courses folles en carriole, les voitures renversées, l'abîme effleuré.

— Le regrettez-vous ?

— Surtout pas. J'ai été élevé à la dure. Pas de passe-droits, pas de privilèges. Le matin, chez nous, on cassait la glace dans le bol pour faire sa toilette. Ça m'a appris une chose. On fait son bonheur avec ce qu'on a.

Dans la tête de Ramier, il y avait une nuit de septembre 1914 à la lisière des bois de Saint-Rémy. Des voix françaises et des voix allemandes unies dans la souffrance. « A moi ! camarades français... » Les brancardiers s'activaient dans les ténèbres. Encoigné dans sa tranchée, Ramier fumait une pipe qui avait un goût de terre. La plainte déchirante d'un cheval abattu. Et soudain une vibration par tout le corps, une exaltation de l'esprit, et la joie brute, inattendue, d'être encore en vie.

— Je dirais même, renchérit le peintre, qu'on fait parfois son bonheur avec ce qu'on n'a pas. Vous avez deux ans de plus que moi. L'abbé Tessier me l'a dit. Malgré les milliers de kilomètres qui nous séparaient, nous avons vécu les mêmes choses. Et je sais que vous savez vous contenter de peu. Cela se sent dans vos manières.

Félix Métivier passa le doigt dans le col de sa chemise avant de répondre :

— C'est pas facile à expliquer, ce que vous voulez dire. Je comprends, mais faut faire attention. Ça peut vouloir dire le contraire aussi.

Il ralentit dans une courbe de la route qui épousait la forme d'une baie du Saint-Maurice.

— Je suis un homme riche. Vous le savez. Je m'en vante pas, mais je m'en cache pas non plus. Ce que j'ai, je l'ai gagné. Mais j'ai pas travaillé tout ce temps-là pour devenir riche. C'est ça qu'il faut comprendre.

J'ai pris plus de plaisir à travailler qu'à gagner de l'argent. Comprenez-vous ?

— Parfaitement, énonça Ramier. Et j'oserais même plus. Si demain, d'un seul coup, vous perdiez votre fortune, vous ne seriez pas malheureux pour autant.

— Pas une miette ! acquiesça Félix Métivier. Vous avez mis le doigt dessus. Des fois, je pense aux abeilles. Elles passent un temps fou à ramasser leur miel puis on leur enlève ça d'un seul coup. Pourtant, je peux pas me mettre dans la tête que les abeilles sont découragées quand ça leur arrive. On dirait que c'est le fait de le ramasser, le miel, qui les rend heureuses.

— J'ai réfléchi à ça, poursuivit Ramier en grattant une allumette. C'est un peu la même chose dans mon métier. Vous passez des mois, parfois plus d'une année, à mettre des couleurs sur une toile. Vous les examinez une à une, vous les changez, vous les déplacez. A la fin, quand vous savez que vous ne pouvez faire mieux, vous portez le tableau à la galerie. Un inconnu l'achète. Il ne vous reste plus qu'à recommencer.

— Vous essayez de les revoir, vos toiles, quand elles sont vendues ?

— Surtout pas. J'en fais d'autres.

La voiture suivait une route tortueuse et paisible. Après l'agglomération de Grand-Mère et Shawinigan, elle s'éleva sur un plateau peuplé de feuillus dont les pousses tendres éclataient dans l'air humide. De loin en loin, des fermes avec des voitures aux brancards pointés vers le ciel. Des chiens tapis dans les fossés pour se lancer à la poursuite de l'automobile qui passait. Des enfants barbouillés sur le bas-côté.

— C'est pas toujours facile, soupira Félix Métivier.

Ramier se retint d'enchaîner pour laisser son hôte dérouler un bout de sa pensée.

— J'ai des milliers d'hommes qui travaillent pour moi, poursuivit Félix Métivier. J'essaye d'être humain avec tout le monde mais, en même temps, si j'écoutais tout un chacun, la job se ferait pas. Il y a deux façons de voir la vie, le général et le particulier. Pour le particulier, c'est facile à comprendre, un homme, sa femme, ses enfants. Chacun ses doutes, ses peurs, ses envies. Son courage et sa force aussi. Puis le général, ben c'est la tâche à accomplir. Tant de milliers de pieds de bois à couper puis à draver. Là, on oublie le particulier. Plutôt, ce général-là, c'est la somme de tous les petits particuliers. Le plus dur, c'est de faire marcher ça ensemble.

Ils ralentirent en vue du village de Mont-Carmel, ou plutôt des grandes courbes qui contournent la colline sur laquelle il est niché.

— Vous êtes pas marié ? demanda abruptement Félix Métivier.

Ramier se recroquevilla.

— Je l'ai été.

— Qu'est-ce qui s'est passé ?

— Ma femme est morte.

Félix Métivier se tourna vers son invité.

— Je savais pas. Vous m'en voulez pas trop ?

— Comment vous en vouloir ? demanda Ramier. Et d'ailleurs pourquoi ?

— Si ça peut vous consoler, moi aussi, ma première femme est morte, ajouta Félix Métivier.

Au tour de Ramier de regarder son compagnon de route.

— C'est étrange, tous ces parallèles, dans nos vies. D'abord, je m'aperçois que nous avons grandi tous les deux dans un magasin-général, comme vous dites. Et puis maintenant, nos deuils respectifs.

— J'ai pas pris trop de temps à me remarier, précisa Félix Métivier. J'avais un garçon, Jules, vous l'avez vu. Je me suis trouvé une femme dépareillée. Une petite Nadeau des Trois-Rivières. Elle m'a donné un autre garçon puis une fille. Ça me fait trois enfants. C'est pas beaucoup. Mais c'est bien comme ça. Et puis vous ? Vous pensez à vous remarier ?

Ramier hésita. Non pas qu'il cherchât la réponse. Mais trop de pensées se bousculaient en même temps dans son esprit.

— Je ne crois pas, finit-il par dire. Maintenant et plus que jamais, il y a deux choses importantes dans ma vie, mon œuvre et la nature. Je fais mon miel avec un peu et beaucoup des deux.

Le silence s'établit dans la voiture. Félix Métivier relança la conversation dans une autre direction.

— Savez-vous que j'ai été élu maire de Mékinac à vingt-trois ans ? J'en parle pas pour me vanter. Je pensais à ce qu'on disait tantôt. On en a toujours un peu plus pesant sur le dos qu'on est capable d'en prendre, puis c'est avec ça qu'on fait notre bonheur. A vingt et un ans, j'étais déjà conseiller. On est passé des trottoirs de bois aux trottoirs de ciment. L'éclairage électrique dans les rues. J'ai fait arranger la côte qui mène au quai. Là-dedans, c'est pareil comme dans tout. Le général et le particulier. Ce qui était bon pour tout le monde était bon pour moi aussi.

— Ce qui me frappe en vous, lança Ramier, c'est votre sens du devoir. Mais si je me le permettais, je vous demanderais quelque chose.

Il parut hésiter avant d'enchaîner.

— Vous arrive-t-il parfois de penser à vous ?

Félix Métivier prit le temps d'allumer une cigarette. Il ne détourna pas la tête. Il souffla sa réponse en même temps que la fumée de sa cigarette.

— Bien plus souvent que vous croyez. Mais je m'arrange pour que ça paraisse pas.

Ramier savait très bien de quoi l'autre voulait parler, cette pudeur humaine derrière laquelle on barricade ses sentiments, la façade infranchissable des lunettes sur un visage, l'armure du costume et les sourires pour dissimuler le reste. Les hommes de cinquante ans connaissaient cette ressource mieux que les autres. Mais, contre toute attente, Félix Métivier poussa la confidence un peu plus loin :

— Vous voulez que je vous dise comment je me fais plaisir ? En vous emmenant à Trois-Rivières avec moi à matin, par exemple. En temps normal, j'aurais mon contrôleur avec moi. On parlerait de business ensemble. Tandis que là, je me laisse aller. Ça coûte rien puis ça fait du bien.

L'aveu était d'importance. Ramier pesa bien ses mots pour signaler son appréciation.

— Si je n'étais venu au Canada que pour faire votre connaissance, dit-il, je serais déjà largement remboursé de mon déplacement.

L'aveu de l'amitié pesait lourd entre les deux hommes. Il fallut ramener la conversation sur un terrain plus neutre.

— Et votre magasin, demanda Ramier, vous l'avez toujours ?

— Je l'ai vendu en 1922. Ma mère était morte quelques années avant. Je n'avais plus le temps de m'occuper des commandes.

— Vos bateaux vous accaparaient ?

Félix Métivier sourit.

— J'avais tressé moi-même la corde pour me pendre. Puis je savais ce que je faisais à part ça. J'ai fait de l'argent avec mes bateaux, mais j'ai peut-être été plus acharné que tous les autres quand il a été question de construire la route de La Tuque. Toujours le bien général avant le particulier. Mais je savais aussi que le bien général finit par rejoindre le particulier. Depuis sa fondation en 1908, La Tuque était coupée de la Mauricie. Pas de route carrossable. En 1920, j'ai pris sur moi d'organiser une excursion à La Tuque. En chemin de fer, comme de raison. A partir de Québec. Je m'étais arrangé pour qu'il y ait du beau monde à bord. A commencer par le ministre de la Colonisation, M. Perreault. Tous les députés du coin, fédéraux et provinciaux, les maires, une cinquantaine de personnes en tout. Comme de raison, la municipalité de La Tuque les a reçus en grand. Le lendemain, je les ai ramenés à Mékinac à bord d'un de mes bateaux. Je sais pas si c'est le paysage qui l'a impressionné, mais le ministre a fini par lâcher un petit soixante mille piastres, pour essayer de rabouter les commencements de chemins qu'il y avait un peu partout. Quelques mois plus tard, je me retrouve dans son bureau à Québec. « Vous m'avez bien eu, qu'il me dit. Vous parliez d'un projet de soixante mille piastres. On en a déjà dépensé deux cent mille puis on est pas au bout de nos peines. » « Ecoutez, que je lui ai répondu, ça se peut que je me sois trompé. Je suis pas ingénieur, mais je sais une chose, par exemple. Vous êtes trop avancé pour reculer. » C'est comme ça que La Tuque a eu une route à peu près passable.

— Mais vous travailliez effectivement contre vos intérêts, fit observer Ramier.

— Je commençais à penser à me lancer dans quelque chose de beaucoup plus gros, répondit Félix Métivier. Mais ça, c'est une autre histoire.

Depuis quelques minutes, la route se transformait en une rue de banlieue. Ils entraient dans la municipalité du Cap-de-la-Madeleine. Félix Métivier apprit à son visiteur qu'il s'y trouvait un sanctuaire marial de renom. Mais surtout, une pénétrante odeur d'œufs pourris et de soufre envahissait la voiture.

— La Wayagamack, expliqua Félix Métivier. Une de nos compagnies de papier. Ça sent toujours de même quand le temps est lourd. On est habitués à ça. C'est comme un baromètre. On se dit : « Tiens, ça sent la Wayagamack. Il va faire mauvais. C'est immanquable. »

Ils traversèrent le Saint-Maurice. Ils s'engagèrent dans les vieilles rues de Trois-Rivières. La cathédrale et son parc dominaient un quartier de maisons bourgeoises où la brique s'imposait. Henri Ramier y reconnaissait davantage Londres que Paris.

— Vous devinerez jamais qui c'est qu'on va voir à matin ! lança Félix Métivier.

Et sans attendre de réponse, il précisa :

— Maurice Duplessis. Le Premier ministre de la province.

Ramier s'attendait à une somptueuse résidence. La Packard s'immobilisa devant une maison de briques et de pierre ornée d'un simple portique. Aucun caractère officiel. Aucun service d'ordre. On aurait tout aussi bien pu se croire chez l'un des avocats de la ville. Ce qui était d'ailleurs le cas. Les Duplessis pratiquaient la profession de robe de père en fils. Le père surtout, qui avait plaidé la cause de Stanislas Métivier, à l'époque de la fameuse clôture du Pacifique Canadien. Une femme d'âge indistinct leur ouvrit.

— Auréa Cloutier, souffla Félix Métivier à l'oreille du Français. Ça fait au moins dix ans qu'elle est sa secrétaire.

Ils descendirent au sous-sol par un escalier de fer forgé. Maurice Duplessis avait entendu la cloche de l'entrée. Il accueillit son visiteur au pied de l'escalier, la main tendue, son sourire retroussant sa moustache.

— Comment ça va, mon Ti-Félix ?

— Pas trop mal. Pis toi, Maurice ?

Ramier n'en revenait pas. Tant de simplicité, comme entre de vieux camarades de collège. Il savait pourtant qu'il n'en était rien. Félix Métivier présenta le peintre au Premier ministre.

— Les barbouilleux, c'est moins pire que les journalistes, énonça Duplessis, mais je me méfie toujours un peu. Enfin, si c'est Ti-Félix qui vous emmène ici, j'ai confiance. Seulement, je vous demanderais de laisser votre crayon puis votre papier dans votre poche. J'en ai assez de même avec les caricaturistes.

Duplessis les fit asseoir sur des fauteuils de cuir. Il regagna son pupitre, devant des rayonnages vitrés où se voyaient les gros volumes reliés des Statuts refondus de la province et du Code civil. Le Premier ministre ouvrit un tiroir d'où il tira une bouteille verte. Du gros gin à l'étiquette ornée d'un cœur. Il versa une rasade dans le verre qui se trouvait déjà devant lui. Il servit copieusement le Français. La secrétaire apporta un verre et une bouteille de Coca-Cola à Félix Métivier dont les habitudes devaient être connues dans la maison. Duplessis s'installa enfin sur le fauteuil surélevé d'où il dominait ses invités, les avant-bras posés sur le plateau où se voyaient des dossiers soigneusement empilés. Derrière lui, sur une des étagères, un petit bateau de bois, réplique des goélettes des pêcheurs de Gaspésie, comme Ramier en avait vu pendant sa tournée avec l'abbé Tessier. Chacun leva son verre et but à leur santé respective. Le gros gin râpait la gorge et brûlait le gosier. Duplessis ralluma son cigare. Fumer semblait procéder d'un rituel social important dans ce pays, où nulle conversation sérieuse ne s'engageait sans qu'elle ne fût enveloppée dans les volutes du tabac.

— La session est finie depuis un mois, commença Duplessis, puis je suis pas fâché à part ça. Ils se sont mis dans la tête de me faire nationaliser les compagnies d'électricité. J'ai jamais dit que je ferais ça ! J'ai juste dit que ce serait peut-être pas une mauvaise affaire ! Mais comme c'est là, ça ferait plus de tort que de bien à la province.

— J'ai toujours eu pour mon dire, renchérit Félix

Métivier que le gouvernement gouverne puis que les compagnies fassent de l'argent.

— L'un va pas sans l'autre, mon Ti-Félix ! ajouta malicieusement Duplessis.

Et il se leva, le verre à la main, faisant quelques pas dans le bureau, sous le nez du visiteur français à qui il destinait l'improvisation dans laquelle il se lança.

— Nous autres, les Canayens, on est tous des fils d'habitants. Du premier jusqu'au dernier. On descend tous de Louis Hébert, le premier laboureur qui est arrivé ici avec Champlain. Quand les Anglais ont conquis le pays, c'était pas ça qui allait changer quèque chose à notre condition d'habitants. Ben au contraire ! C'est parce qu'on était des habitants qu'on a survécu. Pis encore aujourd'hui, moi je dis que l'agriculture est notre industrie de base. Hein ! Ti-Félix ?

Félix Métivier acquiesça sans renchérir. Il avait hâte de savoir pourquoi le Premier ministre l'avait convoqué. Duplessis poursuivit :

— Deuxième point, la famille. C'est ben simple, pas de famille, pas de pays. Notre survie, on la doit en grande partie à nos mères, des saintes femmes, qui ont su nous tenir ensemble malgré nos différences. Mais le troisième point, il est délicat en torvisse celui-là.

Il s'immobilisa, le verre à la main, au fond duquel il sembla chercher un moment la vérité.

— C'est sûr, puis tout le monde va être d'accord avec ça, que le capital humain doit passer avant le capital argent. Toi, Ti-Félix, si c'était pas des milliers d'habitants puis de fils d'habitants qui montent dans le bois chaque hiver, ramasser quèques piastres, tu serais pas mal moins gros que tu l'es aujourd'hui. Faut y faire attention à ce capital-là, c'est le plus précieux. Seulement, il y en a qui se sont mis dans la tête que nos bons travailleurs canadiens-français étaient des ignorants qu'il fallait endoctriner. Le petit catéchisme du travailleur ! se moqua-t-il. Un catéchisme rouge, écrit à Moscou, oui ! Ils se sont moqués de moi, avec ma « loi du cadenas ». Ils disent que je suis contre la liberté de pensée ! La liberté d'association ! Pantoute ! C'est moi qui ai fait adopter la loi du Salaire raisonnable ! C'est encore moi qui ai réglé la grève du textile ! La grève des Simard à Sorel ! Les ouvriers ont été augmentés. Seulement, ils ont pas eu l'atelier fermé. Le monopole syndical, moi j'en veux pas, surtout quand il s'agit des syndicats étrangers !

Félix Métivier approuvait, la tête légèrement penchée sur le côté. On ne savait pas à quoi il songeait derrière ses lunettes. Duplessis retourna s'asseoir à son pupitre. Il se versa une autre lampée de gin. Le Français avait à peine entamé son verre.

— T'as entendu parler de ça, Ti-Félix, poursuivit le Premier ministre, le roi puis la reine mère vont être à Québec dans deux jours.

— J'ai lu ça dans les journaux.

— Je sais pas comment ils vont prendre ça, nos Canayens. L'Angleterre, ça leur rappelle toujours la conscription.

Il ouvrit le tiroir central de son pupitre et en sortit une feuille manuscrite.

— J'ai commencé à prendre des notes pour mon discours. Naturellement, je vais en faire traduire des bouts en anglais. Ecoutez ça. « Notre province a toujours été fidèle à la Couronne britannique ; elle a également été fidèle aux traditions héritées de ses ancêtres, au pacte de la Confédération de 1867 et à cette mission de rester français que des hommes d'État britanniques nous ont confiée en 1791. Nous chérissons ce passé, et nous ne cesserons jamais de considérer le Trône comme le boulevard de nos institutions démocratiques et de nos libertés constitutionnelles. » Hein ! Qu'est-ce que vous en pensez ?

Henri Ramier était trop abasourdi pour répondre. La question ne s'adressait d'ailleurs pas à lui. Félix Métivier se racla la gorge avant de se prononcer.

— Moi, je dis qu'avec des discours de même, tu vas être Premier ministre de la province pendant vingt ans.

Mais la secrétaire descendit quelques marches de l'escalier. Elle se pencha vers son patron.

— Monsieur Duplessis, Monsieur Dumoulin est en haut.

Duplessis se leva. Ses invités en firent autant. Il les rejoignit.

— Vous comprenez ça ? Le Premier ministre, quand il est dans son bureau de comté, il est juste un député comme les autres. Faut qu'il s'occupe de ses électeurs.

Au moment de se quitter, après les poignées de mains, Duplessis retint Félix Métivier au pied de l'escalier.

— J'aurais un petit service à te demander. C'est à propos de la visite du roi puis de la reine mère. Tu sais qu'il va y avoir un grand banquet à Québec ? Mille couverts. Puis il y a un fin-fin qui a fait imprimer les menus. C'est écrit dessus : truite mou-

105

chetée. Ça se trouve pas au coin de la rue, mille truites !

— Surtout à deux jours d'avis ! fit observer Félix Métivier.

— J'ai pensé que tu pourrais m'arranger ça, insista Duplessis.

Félix Métivier regarda son Premier ministre dans les yeux.

— Tu sais qu'il y a rien qu'un moyen de ramasser mille truites en deux jours !

— Je le sais, admit Duplessis en abaissant le regard. La dynamite.

— J'aime pas beaucoup ça. Je défends à mes hommes de pêcher à la dynamite.

— Tu leur diras que c'est pour le roi !

— Je vais leur dire que c'est pour Duplessis !

Ils partagèrent un grand rire sonore en montant l'escalier.

8.

De retour au Panier percé, en début de soirée, une commotion les attendait. Un garçon de quatorze ans s'était égaré en forêt. Les recherches avaient été entreprises à l'heure du souper. Félix Métivier insista pour visiter, en compagnie de Henri Ramier, les lieux où les patrouilleurs s'étaient déployés.

L'enfant se prénommait Marcel. Il était le fils d'un jobbeur qui exploitait un petit camp sur le territoire de Métivier, à une douzaine de milles, à vol d'oiseau, du Panier percé. Dans la hiérarchie de la forêt, ces jobbeurs occupaient la position intermédiaire entre les simples engagés et les grands entrepreneurs qui transigeaient avec les compagnies. Ils détenaient leur contrat directement d'un exploitant comme Félix Métivier. On s'entendait au commencement de la saison. « Si tu veux couper du bois, jusqu'à tant de milliers de pieds, je te paierai quand le bois aura été dravé. »

Il y avait les gros jobbeurs et les petits. Les premiers recrutaient jusqu'à des centaines d'hommes. Les seconds montaient dans le bois en famille, père, fils, beaux-frères, oncles, cousins et apparentés d'un même village. Ils constituaient de petites équipes d'une douzaine d'hommes. Souvent, la femme et les enfants du jobbeur passaient aussi l'hiver dans le bois. La femme tenait lieu de cuisinière, les enfants de main-d'œuvre pour les menus travaux. C'était le cas du jobbeur chez qui le malheur venait de frapper.

La femme du jobbeur était arrivée en pleurs au Panier percé en fin d'après-midi. Elle avait eu du mal à s'expliquer, tant elle était secouée par les larmes : « Mon mari est parti avec le reste de la gagne. Il est monté pour une semaine, clairer la drave. Moi, je suis restée au campe comme de raison. Le petit Marcel avec moi. En partant, son père lui a dit : tu t'occuperas de ta mère, puis tu varnousseras tout ce qu'on a pas eu le temps de faire pendant l'hiver. Marcel était pas heureux de ça. Ils étaient pas partis depuis un quart d'heure, je relève la tête, il avait déguerpi. J'ai attendu un peu, voir s'il ressourdrait pas. Rien en tout. » Et la femme du jobbeur était de nouveau envahie par les larmes en spéculant sur ce qui avait pu se passer. « Je suis sûre qu'il est parti en courant sur leurs traces, pour essayer de les rejoindre. Mais il peut pas les rattraper. Il est à pied tandis qu'eux autres sont en voiture. La noirceur va prendre. Il est pardu, c'est certain. »

Le fils de Félix Métivier, Jules, avait constitué une équipe d'une vingtaine de chercheurs. L'entreprise ne présentait pas trop de difficulté. Le territoire à explorer longeait la berge de la rivière et s'ouvrait sur l'échancrure d'un grand lac. Une piste sommaire, mais tout de même suffisante pour livrer passage à une voiture à cheval, s'y dessinait. A moins qu'il ne fût tombé à l'eau, on retrouverait l'enfant, penaud, assis sur une pierre au bord du chemin.

Les chercheurs rejoignirent le père et le reste de

son groupe au campement qu'ils avaient dressé pour la nuit. Pas de trace du petit Marcel. Devant la gravité de la situation, une autre dizaine d'hommes furent envoyés en renfort. Cette fois, il s'agissait de patrouiller en s'éloignant de la rive. On présumait que le fugueur, ayant enfin compris qu'il ne rejoindrait pas ceux qu'il poursuivait, avait décidé de retourner au camp de base en piquant à travers la forêt plutôt que de longer toute la berge. Et cette pensée donnait des frissons aux sauveteurs.

Félix Métivier et Henri Ramier parvinrent sur les lieux du drame vers les neuf heures. On avait allumé des feux, de proche en proche, sur la route. On tirait des coups de fusil à intervalle régulier. Jules Métivier, qui dirigeait les opérations, avait refusé de laisser les hommes s'enfoncer dans la forêt. La nuit était trop noire. « Je ne veux pas me retrouver avec plus d'hommes perdus que de sauveteurs », avait-il expliqué. On avait donc adopté une tactique qui consistait à chercher à attirer l'attention de l'enfant avec la lumière des feux, et à guider sa progression vers les secours avec les coups de fusil. Si cela ne suffisait pas, on ratisserait le territoire à la barre du jour.

Félix Métivier et Henri Ramier se joignirent à trois hommes qui se chauffaient à un grand feu de branches sur la grève de la baie du lac. L'un d'entre eux s'avança vers le patron qui l'interpella amicalement.

— Qu'est-ce tu fais ici, toi, Richard ?

— Je pouvais pas dormir en pensant à ce pauvre petit gars-là.

— Que je te voye pas prendre le bois ! lui

ordonna Félix Métivier en pointant un index mena-
çant dans sa direction.

Mais il souriait en même temps, pour bien marquer le respect dont il voulait teinter l'admonesta-
tion.

— Va te coucher à présent, insista Félix Métivier. J'ai vu ton bureau en passant. Il y a du papier
épais de même dessus.

Richard ramassa son long corps osseux et marcha lentement en direction des ténèbres. Tout en le
regardant s'éloigner, Félix Métivier expliqua à
Henri Ramier que cet homme exerçait la fonction
de grand commis pour ses entreprises. Il avait
auparavant travaillé dans une banque, ce qui l'avait
initié à la comptabilité et aux transactions commer-
ciales.

— Un maudit bonhomme! trancha Félix Métivier avant de s'approcher des deux autres.

C'étaient un vieux et un jeune, une tuque à peu
près identique sur la tête. Un makinaw à carreaux
rouges et noirs. Les épaules larges et de grandes
mains puissantes. Le dos légèrement voûté, les bras
écartés du corps, comme prêts à se mettre à l'œuvre, affronter un ours ou haler un tronc d'arbre.
Deux mécaniques humaines déformées par la
besogne. Le plus jeune se nommait Pierrot Pépin.
Il riait tout le temps. Le plus vieux, Abel Landry,
parlait avec solennité, dans une langue à peu près
incompréhensible. Ils cédèrent aux nouveaux venus
les bûches sur lesquelles ils étaient assis.

— On va le retrouver, vot' ti-gars, m'sieur
Félix! affirma le vieux. Si c'est pas c'te nuitte, ce
s'ra pas tard demain matin.

110

— Il f'ra pas assez frette, renchérit Pierrot Pépin, pas de danger qu'y se gèle, le moine !

Et il laissa fuser un grand rire qui marqua la profondeur de la nuit. Henri Ramier se sentit autorisé à s'immiscer dans la conversation.

— Ce n'est sans doute pas la première fois que vous recherchez quelqu'un qui s'est égaré en forêt ?

— Beau dommage ! s'exclama Abel Landry, si on avait reçu dix piasses chaque fois qu'on en a remmené un, on sera des gros bourgeois à l'heure qu'il est.

— Mort ou vivant, précisa Pierrot Pépin.

Ramier interrogea ce dernier du regard. L'autre précisa :

— Ceux qu'on arrive pas à mettre le grappin dessus, les loups s'arrangent avec.

— Depuis le temps, ça doit faire pas mal de squelettes qui dorment dans les feuilles mortes, énonça gravement Abel Landry.

— Rien que nous autres, icitte, ajouta Pierrot Pépin, on en perd une couple par année. Sans compter ceux qui se neillent.

Félix Métivier ne parlait pas. Il fumait, les coudes sur les genoux, en regardant le feu. Il se tourna vers le vieil Abel.

— Tu devrais lui conter ça, Abel, à monsieur Ramier, comment c'était dans le temps, quand t'es monté aux chantiers pour la première fois.

Abel Landry n'attendait qu'une invitation pareille. La circonstance donnerait une dimension nouvelle à son récit.

— J'ava juste l'âge de c'te petit gars-là qu'est pardu, commença-t-il. J'éta avec mon père. Nous

111

autres, on travailla pas pour des gages. Juste notre manger. On trouva que ça faisa changement pis ça nous désennuya. L'hiver est longue, dans la méson, aura le poêle. Ça fa qu'on monta avec le père en automne.

— Vous n'abattiez tout de même pas des arbres à cet âge ? demanda Ramier.

— Non ! J'ai faite toutes sortes d'ouvrages. Au commencement, j'écorça des poteaux. J'ai été claireur. On coupa les petites hardes pour que le joual passe. Après ça, on aida à rouler. T' sais, les gros rouleaux pour aplatir la neige. De même, le joual cala pas. A part ça, on sabla les côtes proches du campe. Pour pas que les jouaux glissent sur la glace. Y appela ça tiguidi, c'te job-là. Y ava un oéseau y fesa tiguidi dans le bois. Pis quand les gars passa, avec leurs jouaux, y fesa tiguidi. Nous autres, on se tassa. L'année d'ensuite, là c'éta pas pire, j'éta devenu choboy.

— Vous aidiez à la cuisine ?

— Pas rien que ça ! Je fesa toute. Couper le bois pis le rentrer pour le poêle. Balayer le campe. Allumer les lampes. Mettre les dish su les tables. Les premiers temps, falla que les gars emportent leur thé. La compagnie, a fournissa la mélasse. Mais les gars, falla qu'y saucent rien que d'un bord. La dish de mélasse éta sur la table, icitte mettons. Ceux d'un boutte trempa d'un bord, ceux de l'autre boutte trempa de l'autre bord.

— Comment étaient-ils, les camps, dans ce temps-là ? demanda Ramier.

— C'éta pas comme asteure. Le plancher éta pas en planches. C'éta du bois tillé. Des billots fendus à la hache. C'éta pas ben égal. Tu marcha là-dessus, pis le pied te débarqua. Pis à part de ça, dans ce temps-là, les jouaux pis les hommes couchaient toutes dans le même campe. Six hommes, deux jouaux, c'éta la règle. Le soir, quand les gars revena, y ralluma la truie. Pis le boss cria : ouvrez la porte ! Les jouaux ont chaud ! Pis le matin, quand tu te leva, y ava de la givre sur les murs du campe. Pas besoin de te dire qu'on ôta pas nos culottes pour dormir.

— Qu'est-ce que vous mangiez dans les chantiers de cette époque ?

— D'la soupe aux pois pis des bines. Des bines pis d'la soupe aux pois. Pis des galettes de matelot.

— Des galettes *Capitaine*, précisa Félix Métivier que l'évocation amusait. Quand j'avais encore mon magasin, j'en faisais venir des chars pleins des Trois-Rivières. Ça montait dans les chantiers dans des poches de jute.

— Y éta assez dures, vos galettes, enchaîna Landry en rigolant, falla les faire tremper toute une journée avant de pouvoir casser une bouchée ! Mais le dimanche, les gars mangea du ragoût en poches. Avant de monter aux chantiers, tard l'automne, la femme prépara le plus gros ragoût qu'a pouva, dans la plus grande marmite qu'a l'ava. A metta ça dans une poche pis a faisa geler ça. En arrivant au campe, le gars cacha ça dehors, là où c'éta le plus frette. Le dimanche, y sorta avec sa hache pis y se cassa un morceau de ragoût. Le gars y faisa chauffer ça. Ceux qui en ava pas éta ben malheureux.

— Que faisiez-vous justement, le dimanche ?

— On se batta. Ça commença pendant la semaine. Tous les soirs, les gars faisa leurs comptes. « Moué,

113

j'ai coupé tant de pieds de bois aujourd'hui. » Un autre disa : « J' t'ai battu, faiblesse ! Moué, j'en ai tant de pieds de plusse ! » Pis des fois, le matin, tu te leva, y manqua un gars. Y s'éta levé avant le jour pour aller bûcher. Ceux qui ava jamais le dessus, y se reprena le dimanche. Là, ça se régla à coups de poing sur la gueule. Le lundi matin, y ava toujours deux gars sur six estropiés dans le campe.

— Et si l'un d'entre eux avait besoin de soins ?

— Le boss ava des aspirines. Moué, une fois, je m'éta fait couper deux doigts. Ça penda pis ça saigna. Les aspirines, c'éta pas assez, comme de raison. Y m'ont emmené à Grand-Mère. Il y a un docteur qui m'a recousu ça. Regarde !

Il tendit sa grande main vers la flamme. Ramier s'inclina dessus. Une cicatrice marquait la paume. Les doigts tordus comme des cris. Le peintre aurait voulu prendre cette main dans la sienne et la caresser. Cela ne se faisait pas. Il relança la conversation.

— Quand vous montiez, c'était pour tout l'hiver ?

— Oui. On parta de Mékinac. On metta nos affaires sur une slé tirée par un joual. Nous autres, on suiva à pied, sur la glace de la rivière. Des fois, on éta cinquante, soixante. On prena quatre, cinq jours, une semaine, dix jours, pour arriver. Pis on redescenda avec la drave, au printemps. A part, comme de raison, ceux qui ava jompé. C'éta surtout les jeunesses. Y s'ennuya de leurs blondes. Un matin, tu te réveilla, y éta pus là. Y en a quèques-uns, de même, qui ont laissé leurs os dans le bois.

Ramier songea au roman de Louis Hémon, son compatriote. Il l'avait lu peu de temps avant d'entreprendre son voyage au Canada. *Maria Chapdelaine* représentait bien, aux yeux des Français, la sauvagerie d'un continent sur lequel la mère patrie avait abandonné ses enfants comme des naufragés sur une île déserte. Et le destin de François Paradis, le héros du roman, illustrait avec justesse leur triste sort. Comme bien d'autres avant lui, François Paradis avait « jompé les chantiers » pour venir assister à la messe de minuit aux côtés de Maria, sa bien-aimée. La tourmente s'était levée. On avait retrouvé sa carcasse au printemps, nettoyée par les loups.

— Les autres, poursuivit Abel Landry, y éta pas beaux à voir quand y descenda au printemps. La barbe longue de même. Y s'éta pas lavés de l'hiver. Quand y arriva à Grand-Mère, y se lâcha lousses. J'en ai connu qui flamba leurs gages de toute l'hiver dans une semaine. Y en ava un, Riendeau qu'y s'appela, y commença par se laver pis se déchanger. Après ça, y sorta su' la grand'rue, les mains dans les poches, un p'tit mouchoir de soie autour du cou pour avoir l'air plus cibouère.

— C'est-à-dire ?

— Ben t'sais, un gars qu'a l'air cibouère de même, tu y penses à deux fois avant d'y dire un mot.

La nuit avançait. Félix Métivier et Henri Ramier avaient oublié, un moment, la tragique raison de leur présence en ces lieux. Abel Landry la leur rappela.

— C'est pas toute, ça. On va aller voir qu'est-ce qu'y font, les autres.

Il se tourna vers la nuit. Pierrot Pépin l'imita.

— Vous êtes ben blodes, les gars, leur dit Félix

Métivier. Je vous remercie d'avance pour ce pauvre petit gars-là.

— Dormez su vos deux oreilles, m'sieur Félix ! lança Abel. On va vous le retrouver, votre étourdi.

Et ils se fondirent dans l'ombre. Restés seuls, Métivier et Ramier parurent pétrifiés par le silence. Félix Métivier dit enfin :

— Si ça vous fait rien, on va monter jusque dans l'anse du lac. Je voudrais aller voir ce qui se passe de ce côté-là.

Ils se mirent à marcher sur la route. En quittant la lueur des feux, ils entrèrent dans la nuit épaisse.

On sent une main sur la nuque. Des picotements le long de la colonne vertébrale. Henri Ramier avait connu cette sensation, dans le Gers, certaines nuits qu'il s'amusait à suivre ses amis contrebandiers. Seul, tapi dans une haie. On songe aux bêtes qu'on veut surprendre. Mais la pensée dérive. Sous le costume contemporain, casquette de chasseur et veste fourrée, frise le poil de l'homme primitif.

Une terreur s'empare des os. Une présence maléfique se dresse. Elle est juste derrière soi. On se retourne. On ne la voit pas. Elle a fait demi-tour en même temps que vous.

Si vous marchez, elle vous suit. Vous courez et vous sentez son souffle dans votre cou. Un désespoir s'empare du sang. Il se fige et ralentit. Il n'y a pas d'autre remède à cette détresse que la lumière. Mais si vous n'en avez pas ? Et qu'en plus, vous êtes encore un enfant ? Vous en venez vite à la conclusion que la nuit va vous dévorer tout rond.

Henri Ramier marchait aux côtés de Félix Méti-vier. Par moments, leurs coudes se touchaient. Le peintre ne voulait surtout pas que son compagnon devine la terreur qui le glaçait. Il s'accrocha au premier sujet de conversation qui lui vint à l'esprit.

— Vous ne m'avez pas raconté comment vous vous êtes lancé dans l'exploitation forestière.

Félix Métivier parut surpris. L'occasion ne lui semblait pas propice à de telles confidences. Ramier insista. Félix Métivier finit par dérouler le fil de son récit.

Le monde se défaisait autour de lui, c'est-à-dire qu'il se transformait. Félix Métivier avait maintenant trente-cinq ans. Il se dressait à son tour, seul à la proue de sa vie. Les phares qui avaient guidé son existence, il en avait absorbé la lumière. Morts, ses père et mère. Dispersés, ses frères et sœurs, du moins ceux d'entre eux qui n'avaient pas péri en bas âge. Morte aussi, la femme qui lui avait donné un premier fils. Seuls subsistaient, comme de grands troncs ébranchés, quelques oncles et tantes, témoins d'un passé révolu.

Effacés les lieux aussi. La maison de Saint-Narcisse n'existait plus que dans son souvenir. Vendu, le magasin-général. Des mains étrangères pesaient désormais le sucre et mesuraient la mélasse. Félix Métivier habitait maintenant une grosse maison de brique. Sa seconde femme, Béatrice Nadeau, y élevait son second fils et une fille au tempérament difficile.

En s'éveillant le matin, Félix Métivier sortait sur la terrasse aménagée au-dessus du portique de sa maison. Il dominait la rivière. Une activité incessante. Les vapeurs fumaient. Une procession d'hommes chargés de sacs et de barriques. On hissait un cheval sur un chaland. Sanglé de courroies, l'animal s'élevait dans les airs, les pattes impuissantes dans le vide.

Tout un village d'abris et de hangars. Une locomotive poussait des wagons sur une voie d'évitement. Quatre chars de foin à transborder. Des enfants couraient pieds nus dans la boue. Une femme en bottines lacées conversait avec un homme appuyé sur une charrette. L'homme, un jeune, avait ôté sa casquette et la tenait à la main.

Que de départs ! Félix Métivier aurait voulu suspendre le temps. Profiter de ce qui était accompli. Mais il n'ignorait pas la loi implacable de la vie. Celui qui s'arrête pour goûter son bonheur le perd. Il se sentait prêt à bondir. Un gros homme à face rouge vint lui en proposer l'occasion. Ubald Lemire avait en poche le contrat de coupe de trente mille cordes de bois à Gatico, près de Parent. Quelle intuition le poussa à demander à Félix Métivier de s'associer à lui pour son exécution ?

Au début du siècle, on comptait environ mille cinq cents hommes dans les chantiers du Saint-Maurice. A partir de 1910, le nombre de coupeurs d'arbres augmenta sensiblement. Aux usines de papier de Grand-Mère, Shawinigan et La Tuque, venaient s'ajouter quatre entreprises situées à Trois-Rivières. Cette industrie dévorait de plus en plus de bois. Félix Métivier jugea que l'expérience d'Ubald Lemire lui fournissait l'occasion de s'y engager.

Le village de Parent était situé à plus de trois cents kilomètres de Mékinac. Un îlot sur l'océan végétal. Mais une ligne de chemin de fer le desservait. C'était s'épargner la moitié de la peine. Félix Métivier monta au camp de Gatico.

Si Parent jouissait des services essentiels, le territoire sur lequel Ubald Lemire devait couper son bois relevait de la nature primitive. Pas de routes, pas d'habitations. Félix Métivier apprit comment on installait un camp de bûcherons.

Le choix de l'emplacement faisait foi de tout. A proximité d'un cours d'eau, mais pas trop exposé au vent, sans quoi vous vous éveilliez, le matin, avec de la neige jusque sur le toit. En outre, le terrain devait être légèrement en pente pour que les eaux domestiques s'écoulent. Par ailleurs, il fallait veiller à ne pas s'établir en aval d'un camp trop proche. En pareil cas, vous puisiez à la rivière des eaux contaminées et vous pouviez compter que des dizaines d'hommes seraient sur le dos pendant une semaine et plus, sous l'effet de la dysenterie.

Mais d'abord, il fallait construire le camp. On se servait des arbres qu'on abattait pour dégager l'emplacement. Pendant une semaine, les hommes vivaient sous la tente. De la première lueur de l'aube à la nuit pleine, on sciait les extrémités des troncs qu'on entaillait de tenons et de mortaises. Le plancher, les murs et le toit se composaient uniquement de billes d'un diamètre à peu près identique. On recouvrait les pièces du toit de mousse, de même qu'on en insérait entre les troncs qui constituaient les murs. On avait fait venir de Parent la porte de planches et l'unique fenêtre à quatre carreaux. Une fois le camp construit, on le meublait.

Pour ce faire, on coupait d'autres arbres. Un

homme plus habile que les autres aplanissait les troncs à l'herminette pour fabriquer un dessus de table à peu près uni. D'un tronc fendu, on tirait deux bancs. Les lits superposés n'étaient constitués que de petites branches liées les unes aux autres et qu'on recouvrait de sapinages. Seuls le poêle, les lampes, les marmites et les assiettes ne provenaient pas de la forêt.

Ces installations sommaires étant à peine assurées, on envoyait les hommes bûcher. Pendant ce temps, une équipe presque aussi importante que la première assurait l'approvisionnement. Il fallait d'abord emmener les chevaux à pied d'œuvre. Dans le cas du camp de la Gatico, Ubald Lemire avait décidé d'élargir une ancienne piste qui le reliait à Parent. Les chevaux furent employés à essoucher. A mesure qu'ils progressaient, les hommes construisaient des caches à provisions.

C'étaient des cabanes du même modèle que les camps, mais sans fenêtres, à l'intérieur desquelles on entassait du foin et de l'avoine pour les bêtes, des barils de lard, de la mélasse, du thé et de l'huile pour les lampes. On s'y approvisionnerait en cours de saison.

Quand la route fut enfin ouverte, deux hommes assistés de deux enfants furent chargés de l'entretenir. On y passait un gros rouleau de bois pour tasser la neige. On glaçait les côtes en y jetant de l'eau. Les chevaux étant pourvus de fers munis de crampons à glace, ils y déplaceraient plus facilement leurs lourdes charges.

A Noël, le camp de la Gatico fonctionnait comme s'il avait été exploité depuis plusieurs années. Ubald

Lemire se rendit à Parent pour y faire bombance. Sans doute se rendit-il coupable de nombreux abus de boire et de manger car, quelques jours après le premier de l'an, il s'effondra.

— J'ai appris deux choses cet hiver-là, conclut Félix Métivier à l'intention de son compagnon de marche. Compter et voyager. Les comptes, je les faisais une fois par semaine, avec Lemire, dans sa petite chambre, à l'hôpital de Parent. Un hôpital, c'est vite dit. Une maison de pension où il y avait une infirmière. Pour ce qui est des voyagements, c'était en traîneau à chiens. Fallait pas avoir peur des bourrasques. Quand le dernier pied de bois a été livré, au printemps, je me suis aperçu que j'avais tout fait tout seul. Sans le savoir, mon associé m'avait rendu un fier service.

Félix Métivier et Henri Ramier étaient en vue de la baie vers laquelle ils se dirigeaient. On distinguait la lueur d'un feu, en bas, sur la grève. Pour y parvenir, ils devaient encore descendre une pente assez abrupte et parsemée de nombreux obstacles. Ils s'accrochaient comme ils pouvaient aux arbres et aux herbes. Sans qu'il sût pourquoi ni comment, Henri Ramier fut soudain emporté dans une coulée. Le temps de ne pas se rendre compte de ce qui se passait, il se retrouva cent pieds plus bas, cul par-dessus tête. Félix Métivier le rejoignit aussi vite qu'il put. Le peintre se tenait le pied à deux mains.

— Je me suis tordu la cheville. C'est certain. Je ne vois pas comment nous allons repartir d'ici.

— Appuyez-vous sur moi, dit Félix Métivier. On va se rendre jusqu'en bas, là où il y a le feu. On trouvera sûrement quelqu'un pour nous aider.

9.

Un homme seul devant son feu. Un géant avec un bâton à la main. Une espèce de berger comme sur les images des calendriers. Une barbe blanche de prophète. Les yeux pétillants dans l'ombre du chapeau. Félix Métivier s'exclama en l'apercevant :

— Hou donc ! père Etienne. Venez m'aider. J'ai un estropié sur les bras.

L'autre s'avança. Il tendait les mains dans la nuit. Il avait laissé tomber son bâton.

— Ma grand foi Dieu ! s'exclama le géant. Le malheur a pas frappé trop pesant, j'espère.

— C'est monsieur Ramier, expliqua Félix Métivier. Un Français. Il s'est tordu le pied.

— On sort toujours grandi d'une épreuve.

Ce disant, le géant enleva Ramier dans ses bras, comme un enfant. C'était gênant. Mais l'homme marchait déjà à grands pas vers la berge. Félix Métivier le suivit en faisant les présentations.

— Je vous présente Etienne Bélanger. Un homme dépareillé. Avec lui, vous êtes entre bonnes mains.

Ils rirent tous les trois, car l'expression s'entendait littéralement. En même temps, ils continuaient d'avancer. Ils contournèrent le feu devant lequel le géant se tenait quelques instants plus tôt.

123

— Depuis quand vous venez faire votre feu de ce côté-ci ? demanda Félix Métivier.

— J'essaie d'attirer la brebis égarée.

— Je veux bien, commenta Félix Métivier, mais votre feu, personne peut le voir comme ça, en bas de la côte.

— La lumière, on sait jamais où elle porte, répondit le géant.

Ils étaient arrivés près d'une barque. Etienne Bélanger y monta comme s'il était entré de plain-pied dans une maison. Il déposa Ramier sur une banquette.

— Grouillez pas, mon bon monsieur, lui recommanda Bélanger. Le pire est fait.

Félix Métivier les avait rejoints dans l'embarcation. Plutôt que de prendre une perche ou un aviron, Bélanger agrippa à pleines mains un fil de fer suspendu à la hauteur de ses épaules. Henri Ramier constata que ce mince câble d'acier était relié à un poteau sur la rive, où il s'enroulait sur une poulie. Il y avait en fait deux fils qui s'enfonçaient dans les ténèbres. Ramier déduisit qu'un autre poteau devait se trouver sur la terre ferme, en face, pourvu lui aussi d'une poulie. Le fil se trouvait ainsi à constituer une boucle entre ses deux poulies. En tirant sur un brin, le géant faisait avancer la barque.

— Le principe de la corde à linge, expliqua Félix Métivier.

Ils s'éloignèrent de la rive, laissant le feu à sa mission symbolique. Ils ne voyaient de la barque que ce que leurs mains leur révélaient. C'était inusité de glisser ainsi sur la nuit, sans bruit et sans destination apparente. Encore plus incongru d'entendre soudain le géant chanter les heures en latin.

— *Venite, exsultemus Domino, jubilemus Deo, salutari nostro.*

— Vous allez voir, annonça Félix Métivier quand le batelier fut redevenu muet, l'île à Bélanger, c'est le paradis terrestre. Depuis combien de temps vous êtes installé là ? demanda-t-il.

— Trente-cinq ans, répondit l'autre. J'en ai le double à présent. Le temps que j'ai passé en bas, c'était comme pour me purifier avant d'arriver ici.

La proue de la barque siffla en s'enfonçant dans les joncs. Le fond frôla le sable.

— Grouillez toujours pas, mon bon monsieur, répéta Etienne Bélanger à l'intention de Ramier.

Et il descendit de la barque, les pieds dans l'eau. De nouveau, il souleva Ramier qui avait eu le temps, pendant la traversée, de s'allumer une pipe pour divertir sa douleur. Spectacle étrange que celui de ce géant, portant un petit homme aux courtes jambes, le béret bien calé sur la tête et laissant derrière lui, dans la nuit, un panache de fumée odoriférante.

— Je vois que vous vous êtes mis au tabac canayen, observa Bélanger.

— Dans les circonstances, c'est d'opium que j'aurais besoin, répondit Ramier. Pour calmer le mal.

— Prenez sur vous, on arrive.

Ils gravirent une pente assez abrupte, sur un sentier que les pas du géant trouvaient d'instinct. Félix Métivier suivait de près. Ils débouchèrent sur un plateau qui devait avoir une vingtaine de mètres d'élévation. Un vent doux parfumait la terre.

Une maison se dressait devant eux. De l'intérieur, la lueur des lampes projetait des carreaux de lumière sur le sol. Des chiens aboyaient. Bélanger poussa du pied une porte taillée dans une seule pièce de chêne.

— Je cherchais une brebis, annonça-t-il, j'ai trouvé le bélier.

Et le géant déposa Ramier sur le banc de la table. Deux femmes se levèrent en même temps.

— Mon doux Seigneur ! fit la vieille.

— C'est ma femme, expliqua Bélanger. Elle s'appelle Juliette. C'est la femme forte de l'Evangile.

Il fallait beaucoup de foi ou d'imagination pour reconnaître la femme forte de l'Evangile dans cette Juliette, une petite vieille à lunettes, menue comme un oiseau. Mais déjà l'autre femme, une jeune fille, s'accroupissait devant le blessé. Le bout de ses nattes noires touchait le pied malade qu'elle prit dans ses mains. Qui donc lui avait dit où Ramier souffrait ?

— Qu'est-ce qui vous est arrivé ?

— Rien de grave, répondit le peintre en s'efforçant de sourire, je me suis simplement tordu la cheville.

— On va vous arranger ça ! décréta la jeune fille en s'éloignant vers le fond de la pièce où la vieille la rejoignit.

— C'est mon bâton de vieillesse, fit Bélanger en désignant de la barbe la jeune fille qui farfouillait dans une armoire, en compagnie de sa mère. La femme, elle, marchait sur ses quarante-cinq ans. Moi, j'avais déjà mes cinquante-cinq. On pensait bien que le bon Dieu nous avait envoyé tout notre content d'enfants. Dix, pensez donc ! Mais non ! Il en restait une ! La plus fine, à part ça ! Hein, Mathilde ?

La jeune fille se tourna, des linges à la main.

— Arrêtez, mon père, vous allez me faire loucher !

— Osias ? demanda Bélanger pour changer de sujet de conversation.

— Il est à l'espère, répondit la vieille.

— C'est mon garçon, expliqua le géant. Lui, le toit des maisons, il trouve ça trop pesant sur sa tête. A part les grands froids de l'hiver, il couche toujours dehors. Le matin, il passe. Il apporte un lièvre à sa mère. Il repart. Il va sur ses vingt-cinq ans. Toujours vieux garçon. Je pense bien que la nature se l'est gardé pour elle, celui-là.

Pendant que le bonhomme parlait, les deux femmes étaient revenues s'occuper de leur patient. La fille déchaussa le peintre, lui retira sa chaussette et lui tint le pied dans le giron de son tablier bleu. La mère enduisit le membre blessé d'un onguent épais et brun.

— De la graisse Saint-Joseph ! précisa Bélanger.

Les femmes entourèrent ensuite la cheville de Henri Ramier avec une longue bande de tissu qui avait dû être une chemise en son temps. Deux petits nœuds pour retenir le tout. Mathilde allongea la jambe du peintre sur le banc, de sorte que le pied repose sur un coussin que sa mère venait d'y mettre. Elles reculèrent en même temps, d'un seul geste, les mains sur les hanches et le tronc rejeté en arrière, pour contempler leur œuvre.

— *Et spiritu Sancto*, marmonna Bélanger.

Il frappa dans ses mains. Sa barbe souriait. Il n'avait pas ôté son chapeau. Ses grands bras dansaient dans l'air, autour de son visage.

127

— Ho donc ! les créatures ! C'est pas tout ça ! Les émotions, ça creuse !

Il alla quérir lui-même le pain dans la huche. Pendant ce temps, Félix Métivier était resté debout près de la porte. Bélanger l'y rejoignit, le pain à la main.

— Approchez, m'sieur Félix ! Je veux bien croire que Notre Seigneur a dit : « Les premiers seront les derniers... », mais faites votre part.

Il l'entraîna vers la table sur laquelle les femmes déposèrent des pâtés, du rôti froid, du beurre et des tasses pour le thé.

— Une petite collation, chantonna Bélanger, après ça on va se coucher puis on va rêver aux anges.

Il se frottait la barbe d'aise. Sa bouche gourmande arrondissait. Au moment de s'asseoir, il consentit enfin à retirer son chapeau. Ses cheveux blancs prolongeaient sa barbe en une auréole lumineuse. Il avait cependant le front dégarni, à l'endroit que la courroie des portages avait usé.

— Soyez bénis, dit-il, en enfonçant sa fourchette dans le rôti.

Ils mangèrent rapidement, en silence. Desservir fut l'affaire d'une minute. Le géant tournait en rond dans l'unique pièce.

— Va donc te coucher, Etienne, lui lança sa femme, tu vois bien que tu nous nuis.

Un grand lit de cuivre se dressait dans un angle. Bélanger s'y dirigea. Il retira sa veste de mouton, sa chemise et son pantalon. Il se dressa dans le long sous-vêtement qui couvre tout le corps et que les Canadiens français nomment combinaison. Sa barbe blanche encore plus éblouissante. Il se tourna vers ses invités.

— La femme va vous montrer vos couchettes. Amen.

Et il se glissa sous la courtepointe colorée. L'instant d'après il dormait. Sa respiration le berçait.

Pendant ce temps, Mathilde et sa mère avaient ouvert le banc du quêteux.

C'était un banc long à dossier haut, dont le siège, la face et le dos s'articulaient sur des charnières. Une fois déployé, l'appareil prenait à peu près les dimensions d'un lit. Une paillasse en garnissait le fond. Deux peaux d'ours cousues ensemble pour se couvrir. Henri Ramier et Félix Métivier furent invités à le partager. Malgré la gêne qui les envahissait, ils se dévêtirent à leur tour, Ramier sautillant sur un seul pied. Ils s'allongèrent côte à côte, en caleçon, leur tête reposant sur des coussins fleuris.

Plus tôt, la femme du géant avait rejoint celui-ci. Mathilde s'était retirée derrière une tenture qui devait dissimuler son lit. Le temps que chacun trouve sa place sur son matelas et le ronronnement du feu dans le poêle tint lieu de respiration à la maison.

Par la grille entrouverte, la lueur du feu faisait danser des reflets sur le plancher. Henri Ramier était trop bouleversé pour dormir. Il se tourna vers son compagnon et l'entretint à voix basse.

— Ça monsieur, je vous le jure, personne ne le croira quand je le raconterai, commença Ramier.

— A bien y penser, répliqua Félix Métivier, c'est peut-être une bonne chose que vous vous soyez tordu le pied. Ça vous aura permis de rencontrer du monde pas ordinaire.

— Mais d'où sort-il, cet homme ? insista le peintre. Il vous parle et vous avez l'impression qu'un instant plus tôt, il était en conversation avec Moïse lui-même.

— Je serais pas étonné que ce que vous dites là soit un peu vrai, dit Métivier en retroussant un sourire.

Et dans la nuit de la Haute-Mauricie, à la lueur du feu, Félix Métivier fit le récit de l'existence d'Etienne Bélanger. Du moins ce qui en était connu car, pour le reste, l'homme présentait l'une des plus belles énigmes que la société canadienne-française pût proposer.

Il était originaire de Saint-Pierre-les-Becquets, l'une des vieilles paroisses du fleuve, où l'on trouvait trace de ses ancêtres jusqu'en 1672. Son père, un cultivateur pas plus pauvre qu'on pouvait l'être à cette époque, travaillait d'un soleil à l'autre pour élever sa nombreuse progéniture.

On sut très tôt que le petit Etienne n'était pas comme les autres. Il voulait s'instruire, ce qui le distinguait des fils d'habitants de ce temps-là. Et surtout, il recherchait la solitude. Plus d'une fois, on le surprit à palabrer avec les cailloux, l'herbe, les arbres et les oiseaux. On craignit pour sa raison. Il n'en poursuivit pas moins de brillantes études au Petit Séminaire de Nicolet. A vingt ans, il quitta son village.

Il était vrai qu'il avait été dans les Ordres, comme sa propension à chanter en latin le laissait deviner. Mais il ne s'était pas engagé dans la vie religieuse comme tout le monde. A la fin du siècle précédent, il était déjà prestigieux de se faire prêtre séculier. Seuls quelques originaux adhéraient aux Ordres réguliers. Mais, là encore, une hiérarchie s'établissait.

Personne ne sut jamais où Etienne Bélanger avait trouvé l'idée d'entrer chez les Trappistes. Outre le fait qu'ils constituaient probablement la plus austère communauté de moines qui existât, il fallait encore remonter jusqu'à Mistassini, au lac Saint-Jean, pour les trouver. Etienne Bélanger séjourna cinq ans chez les Cisterciens de la stricte observance. Il y apprit à chanter en latin en abattant les arbres de la forêt.

Le mystère subsistait sur les raisons qui l'avaient incité à quitter la Trappe après cinq années de vie religieuse. Le novice n'avait pas encore prononcé ses vœux définitifs. Tout au plus finit-il par déclarer, un jour, au marchand-général de son village, qu'il ne s'était pas jugé digne d'un face-à-face aussi intime avec son Créateur.

La destinée d'Etienne Bélanger présentait un parcours que bien peu d'individus connaissaient. Mais ses concitoyens n'avaient pas encore tout vu. La suite devait l'entraîner plus loin.

Il fut tour à tour menuisier, forgeron et fabricant de fromages. Il avait uni sa destinée à une petite souris de son village, Juliette Desaulniers, qui se mit à lui faire des enfants aussi gros qu'elle était petite. Au bout du cinquième, Bélanger annonça qu'il montait en Mauricie.

On aurait pu s'attendre à le voir pratiquer l'un ou l'autre des nombreux métiers qui florissaient dans le contexte de l'exploitation forestière. Il n'en fit rien. Etienne Bélanger quitta un jour Grand-Mère, avec sa femme et ses cinq enfants, et on ne les revit plus. Les esprits simplistes conclurent qu'il était dérangé. Ils auraient sans doute changé d'avis s'ils avaient pu visiter le royaume sur lequel Bélanger régna bientôt.

Il n'était pas rare, en ces années difficiles, de voir un homme quitter brusquement les leurres de la civilisation pour s'enfoncer dans la forêt. Généralement, il le faisait seul. Il construisait une cabane de fortune et vivait dans l'indigence physique et morale la plus extrême. Les détritus de toutes sortes, carcasses d'animaux et boîtes de conserve, s'entassaient à sa porte. Ceux qui entraînaient leur famille dans leur folie condamnaient femme et enfants à la déchéance. Leur existence finissait souvent en tragédie. Un voyageur venait-il à passer par là ? Il poussait la porte sur une vision d'horreur. Cinq ou six cadavres égorgés dans des poses grotesques. Aux limites du désespoir, le solitaire avait détruit sa famille avant de s'anéantir. Rien de tout cela dans le destin d'Etienne Bélanger.

Sa maison, il l'avait construite à l'image même du bonheur. Ouverte sur la nature et colorée. Il l'avait recouverte de planches disposées verticalement et peintes en blanc. Un liséré rouge autour des fenêtres et sur les corniches. Un toit de bardeaux de cèdre là-dessus. Le hangar, la petite étable, la cabane des nécessités, jusqu'aux niches des trois chiens reproduisaient le modèle.

L'intérieur avait été enduit de plusieurs couches de vernis. A l'heure où le soleil pénétrait, on se serait cru dans une ruche d'abeilles. Des tablettes un peu partout, sur lesquelles Mathilde déposait des bouquets de fleurs séchées. Des tapis crochetés sur le plancher, verni lui aussi. Et pas de serrure sur la porte.

Jusqu'à l'âge de douze ans, les enfants étaient instruits par leurs père et mère. Mais jamais d'études pendant la journée. Les garçons imitaient le père dans ses activités, dépouiller la fourrure d'un castor, radouber un canot ou entretenir un champ de maïs. Les filles désherbaient le potager, cousaient et cuisinaient avec leur mère, alignant des dizaines de pots de confiture sur les tablettes des armoires. Le soir, après le souper, on ouvrait les livres et les cahiers sur la table.

Etienne et Juliette enseignaient indistinctement l'Histoire sainte, l'arithmétique, la lecture et l'écriture. Les exemples, ils les tiraient de leur vie de tous les jours. Décrivez le lever du soleil sur le lac. Combien de milles reste-t-il à franchir à ce voyageur et combien de ballots aura-t-il transportés ?

Quand ils avaient atteint l'âge des études secondaires, on envoyait les enfants « en bas », c'est-à-dire aux Trois-Rivières, où ils fréquentaient le collège et le couvent des filles. Ils n'en revenaient pas. C'était entendu. Ils s'établissaient en ville ou dans les vieilles paroisses. Neuf en tout. Les deux derniers, Osias et Mathilde, avaient refusé de quitter leurs vieux parents. Il n'y avait aucun esprit de sacrifice dans leur attitude. Ils se faisaient plaisir, tout simplement.

Etienne Bélanger gagnait sa vie à vendre la fourrure des animaux sauvages. Ayant construit sa demeure sur une île, au milieu d'un territoire primitif, il n'avait pas à s'éloigner pour accomplir sa besogne. L'île elle-même, reliée à la terre ferme par la glace en hiver, et les berges du lac abritaient des bêtes en abondance. Par les petits matins crispés de janvier, on l'entendait s'éloigner sur la trail, battant le rythme de son hymne avec ses raquettes : « *Exsultet jam angelica turba caelorum...* Que se réjouisse la terre,

baignée de lumière éclatante ; qu'elle resplendisse de
la clarté du roi éternel... »

Bélanger veillait à ne pas exterminer les colonies
qu'il exploitait. Ses peaux, il les vendait à un mar-
chand de Grand-Mère, mais aux taux de Montréal.
Douze piastres le vison, jusqu'à quinze pour les
fourrures exceptionnelles. Du castor en abondance.
On disait qu'il avait accumulé cinquante mille dollars. C'était énorme mais pas invraisemblable. Bélanger dépensait peu, produisant à peu près tout ce dont
il avait besoin.

— Si c'est ça être fou, conclut Félix Métivier à
l'intention de Ramier, je veux bien l'être.

— Un vrai roman, la vie de cet homme, déclara le
peintre. Je n'en ai jamais vu de mieux intégré à son
milieu.

Ils reposaient côte à côte sous la peau d'ours.
Gênés de se sentir si près l'un de l'autre, dans
l'intimité de leur souffle. Félix Métivier se tourna du
côté du mur.

— Bonne nuit, à présent, dit-il. Si on veut faire
notre journée, demain.

Au matin, c'est l'odeur du lilas qui éveilla Ramier.
Quelqu'un avait ouvert la fenêtre. La lumière bai-
gnait la maison. Il se redressa. Personne. Il se vêtit et
s'approcha de la fenêtre. Le pied lui faisait moins mal
que la veille. Il observa les alentours. Il allait sortir
quand il entendit une voix dans son dos.

— Ma grand foi Dieu ! j'ai cru que vous étiez
mort ! Il est pas loin de huit heures !

Le peintre se retourna. C'était Mathilde. La veille,
Ramier avait fait la connaissance d'une jeune fille. Il
se retrouvait maintenant devant une femme.

Mathilde avait revêtu une robe blanche en coton, piquée de petites fleurs roses et mauves. Les pieds nus. Elle avait coiffé ses cheveux noirs en deux nattes fraîchement nouées. Elle se tenait devant la tenture qui protégeait l'intimité de son coin de maison. Les mains dans le dos, elle se dandinait sur un seul pied.

— C'est égal. Ça m'a donné le temps de faire ma toilette.

Elle s'avança vers le peintre qui marcha vers elle en même temps. Ils se tenaient l'un devant l'autre, chacun de son côté de la table.

— Mon père a donné congé à tout le monde. C'est pas tous les jours qu'on a de la grande visite. Ils sont partis, mon père, ma mère et Monsieur Métivier, voir un barrage de castors, rapport que ça pourrait changer quelque chose au niveau de l'eau pour la drave. Nous voilà seuls tous les deux. Mais j'ai une idée. Vous aimeriez pas visiter ma cascade ?

Cela avait été débité d'une traite. Ramier mit quelques instants à répondre.

— J'aimerais bien, mais je ne crois pas qu'il soit très opportun de marcher sur ma cheville.

— J'ai pensé à ça aussi ! lança la jeune fille.

Elle courut dehors. Ramier l'y suivit. Une grande brouette en bois peinte en vert, avec sa roue de fer rehaussée de rouge, se dressait devant la porte.

— Embarquez ! Je vous emmène.

Ramier la regarda, stupéfait. Mathilde fronça les sourcils.

— Vous croyez que je suis pas capable ?

Le peintre ne savait quel argument employer. Celui de la faiblesse légendaire des femmes n'était pas approprié. Inutile aussi d'invoquer sa réputation d'artiste. Il retourna très vite, deux ou trois fois, les données de la situation dans sa tête et, s'étant assuré qu'il avait son tabac, sa pipe et son béret dans sa poche, il consentit à monter dans la brouette. Non sans avoir jeté un regard furtif aux alentours.

Il trônait comme un roi fainéant, boucanant la fumée de sa première pipe de la journée pendant que Mathilde, les pieds bien assurés et les muscles des bras gonflés par l'effort, poussait son passager sur le sentier de la cascade. Le peintre jugea qu'il devait au moins faire les frais de la conversation.

Palabrer sur la situation particulière de la famille Bélanger ne rimait à rien. S'extasier devant la magnificence de la nature lui sembla niais, tant elle était évidente. Ne restait qu'une avenue, celle des plaisanteries. Il l'emprunta.

— C'est la première fois de ma vie, dit-il, qu'une jeune fille me conduit en brouette.

— Et moi, répondit Mathilde avec gravité, c'est la première fois que je vois de près un homme qui peint des tableaux.

— Il me semble que si je vivais ici, répliqua Ramier, je peindrais sans discontinuer.

— Détrompez-vous, insista la jeune fille. C'est pas si facile. J'ai essayé.

— Et qu'en est-il résulté ?

— Je me suis arrêtée. J'étais pas capable de faire entrer le paysage dans le cadre.

Ramier sourit. Peu de ses confrères parisiens auraient été capables d'un tel aveu. Mais la jeune fille entraînait la conversation ailleurs.

— Vous êtes marié ?

— Je l'ai été.

136

— Votre femme vous a quitté ?

— Elle est morte.

La jeune fille arrêta sa brouette et posa les pattes par terre. Elle examina Ramier comme si elle le voyait pour la première fois.

— Je comprends maintenant pourquoi je vous aime, dit-elle enfin. C'est parce que vous êtes triste.

Et elle reprit sa progression. Le sentier montait en pente assez rude. Il était bossué et sinueux. Mathilde peinait. Ramier la contraignit à s'arrêter et descendit. Il fit le reste du trajet à pied. Pour faire plaisir à Mathilde, il s'appuya sur son épaule.

Au sommet du plateau, on voyait l'eau de chaque côté de l'île. Mathilde laissa sa brouette et prit la main du peintre pour l'entraîner vers la falaise de l'Ouest.

Un filet d'eau, surgi de la mousse, courait dans l'herbe, gonflait aux dimensions d'un ruisseau avant d'atteindre le rebord d'où il se précipitait en cascade. Mathilde invita son compagnon à se pencher pour voir l'eau rebondir sur un rocher en surplomb.

Ils restèrent silencieux. Soudain, Mathilde se pressa contre le peintre. Le vivant de ses seins tendait le coton de la robe. Elle l'embrassa sur la bouche. Après ce premier baiser, il la regarda.

— Vous aimez ça ? demanda-t-elle.

— Je ne connais personne qui n'aime pas ça.

— C'est bon, reprit-elle. Vous voulez qu'on s'embrasse encore ?

Ils roulèrent sur l'herbe. L'échancrure du corsage se fit invitante. Il y glissa la main. Mathilde posa la sienne sur celle du peintre. Celui-ci crut que la jeune fille s'objectait à son geste. Il retira sa main.

137

— Non, dit-elle. Laissez. C'est chaud.

Mathilde fut bientôt toute déshabillée. Ramier vit sa touffe humide comme le printemps. Leurs gestes se firent alors à leur insu. Ils s'aimèrent dans un éclaboussement de rires et de cris. Quand ce fut terminé, ils se rhabillèrent et restèrent là, au-dessus de la cascade. Ce fut le père de Mathilde qui les tira de leur rêverie. Combien de temps s'était-il passé ?

— J'ai vu l'heure que je vous trouverais pas ! Monsieur Métivier vous cherche.

Ils reprirent le sentier. Il sembla à Ramier que sa cheville avait faibli de nouveau. Ils retrouvèrent la brouette.

— Embarquez.

Cette fois, le géant véhiculait le peintre. Ramier lui faisait face. En inclinant légèrement la tête, il pouvait apercevoir, à la hauteur du coude de Bélanger, la tête et la poitrine de la jeune fille. Elle suivait son père. Ramier ramena son regard sur son hôte. Gêné, il lui sembla que ce qu'il venait de faire avec Mathilde se lisait sur son visage. Quelle attitude aurait adoptée Etienne Bélanger s'il avait su ?

— *Magnificat anima mea Dominum : Et exsultavit spiritus meus in Deo, salutari meo.*

Ramier n'était pas plus avancé de sa réflexion quand ils parvinrent à la maison. Il eut du mal à se redresser. Sa longue immobilité l'avait ankylosé. Mathilde s'approcha pour le supporter. Le toucher de la jeune fille le brûlait. Il fit quelques pas pour s'assurer qu'il savait encore marcher. Félix Métivier et la vieille Juliette sortirent en même temps de la maison.

— Où vous étiez ? demanda Métivier. On vous a cherchés toute l'avant-midi.

138

— Nous sommes allés à la cascade, balbutia Ramier. Je ne vous ai pas trop retardé, j'espère.

— J'avais dans l'idée qu'on pourrait rentrer en canot, expliqua Félix Métivier. Mon ami Bélanger veut bien me prêter un des siens. Je demanderai à mes hommes de le rapporter à la prochaine occasion. En ce qui vous concerne, dit-il à l'intention de Ramier, c'est la meilleure façon de retourner sans faire de mal à votre pied. Mais comptez pas sur moi, ajouta-t-il dans un éclat de rire, pour que je vous pousse jusqu'au Panier percé dans une brouette. Il m'est arrivé juste une fois de pousser un homme dans une brouette. Aux élections de '36. J'avais gagé avec un gars de Shawinigan que Godbout rentrerait. C'est Duplessis qui est passé. J'ai été obligé de promener le gars dans une brouette en pleine ville de Shawinigan. J'ai pas envie de recommencer ça aujourd'hui.

Quelques minutes plus tard, ils quittaient l'île. Assis à l'avant du canot, Henri Ramier ne pouvait se retourner sans mettre en péril l'équilibre de l'embarcation. Il sentait le regard de Mathilde dans son dos. Il savait qu'il ne la reverrait sans doute jamais. A ses pieds, le panier contenant les provisions que la vieille Juliette leur avait remises. Mathilde avait déposé une branche de lilas dessus.

— A propos, lança Félix Métivier, je vous ai pas dit ça. Ils ont retrouvé le petit gars. C'est bien comme on pensait. Il a essayé de revenir à la maison en piquant à travers la forêt. Il a fait comme tous ceux qui se perdent. Il a tourné en rond. Ils l'ont retrouvé assis au pied d'un arbre. Ça l'air que son expérience l'a pas trop magané.

10.

Henri Ramier sifflotait entre ses dents. Le soleil des premiers jours de juin l'engourdissait. Au plus intime de son être, le parfum de Mathilde continuait de distiller l'ivresse.

Félix Métivier avironnait à gestes lents et réguliers. Il n'avait pas à déployer de grands efforts. Le courant entraînait le canot. Ramier aurait voulu s'ouvrir à son compagnon de l'aventure qui lui était arrivée. Il savait qu'il valait mieux ne pas le faire.

Félix Métivier jugerait sévèrement la conduite du peintre, même si ce dernier plaidait l'innocence, n'ayant pas recherché le privilège qu'on lui avait consenti. La morale de Félix Métivier lui aurait sans doute inspiré de repousser les avances de la jeune fille. Ramier le savait. En veine de confidences, il s'engagea sur une autre voie.

— Vous savez ce qu'on dit de moi? Que je suis un figuratif attardé.

— C'est un défaut ou une qualité?

— Il y a une touche de mépris sous ce terme. C'est un peu comme si on vous reprochait d'être un moins bon entrepreneur parce que vous n'avez pas votre bureau à Montréal. Comme si on disait que vous savez moins bien faire vos affaires parce que vous approvisionnez l'industrie en produits bruts plutôt que de les transformer vous-même.

— Ça n'a rien à voir.

— Justement. Mais il y a des gens pour qui la réussite se mesure au nombre de cocktails auxquels ils assistent en une semaine. Pour ma part, je crois bien que la guerre m'a guéri à jamais des futilités du monde. Si j'ai jamais été tenté d'y succomber ! Non pas que je ne sache pas me tenir en société. Les civilités, je sais les assumer. Mais je ne suis jamais aussi heureux qu'en remettant les pieds dans mes bottes de chasseur et de pêcheur.

Ramier laissa le paysage couler sur lui avant de poursuivre.

— Le Gers c'est des bois, des collines et des étangs. Des marécages aussi. J'aime ce pays parce qu'il contient la Création tout entière. Quand je suis revenu de la guerre, je n'avais d'autre envie que de m'installer avec mon père dans notre maison. Ma mère nous avait quittés. J'avais grand besoin de célébrer la vie. Un oncle venait d'acquérir un territoire de chasse. Un jour, je montai dans le train, mon vélo à l'épaule, et je me rendis chez le garde-chasse de mon oncle. Je m'installai dans une chambre à l'étage et je me mis à explorer le pays, les mains dans les poches et la pipe au bec, en quête du paysage qui inspirerait toute la série de tableaux que je voulais entreprendre. Ce pan de mon œuvre, je le voulais grand et fort, intimement lié à la terre. Pour m'approcher du paysage, je me fis chasseur, mais non pas chasseur du dimanche, comme j'en avais tant vu, promenant leur bedaine par les prés, l'arme à la bretelle. Non, je me voulais libre et insoucieux des contraintes sociales. Je serais braconnier.

— Vous avez parlé de ça l'autre jour, intervint Félix Métivier. J'aime autant vous le dire tout de suite, moi j'endure pas les braconniers.

Ramier sourit en caressant le lilas de Mathilde de la paume de la main.

— Je l'avais remarqué, fit-il observer. Au début, je n'ai pas compris. J'en ai parlé à l'abbé. J'ai découvert que le terme n'avait pas le même sens dans nos deux pays.

— Un braconnier, énonça Félix Métivier, c'est quelqu'un qui chasse en temps défendu. Quand les mères sont pleines, par exemple.

— Justement pas, s'écria Ramier. Un braconnier c'est un homme qui juge qu'il n'y a pas de raison pour que les bêtes de la terre appartiennent toutes à ceux qui ont les moyens d'élever des murs autour de leur parc et d'engager des gardes-chasse pour en interdire l'accès. Il faut savoir qu'en France, la chasse a été longtemps le privilège des rois et des nobles. Le peuple mourait de faim mais n'avait pas le droit d'attraper les lièvres qui lui passaient sous le nez. Les animaux étaient réservés à la distraction des puissants. La révolution n'a rien changé, sauf que les chasses appartiennent maintenant à des gens qui achètent des propriétés à cette fin. C'était le cas de mon oncle. Loin de moi l'idée de dénigrer un si brave homme, mais c'est chez lui, dans la maison de son garde-chasse, que m'est venu le projet de me faire braconnier. Comprenez-vous ? Le braconnier du Gers, c'est un homme libre qui réclame sa juste part de la Création. Un peu comme ce Bélanger que nous avons vu. Vous viendrait-il à l'idée de lui reprocher son activité ?

— Sûrement pas, répondit Félix Métivier. A moins qu'il abuse.

— Le braconnier du Gers, continua Ramier, sait ménager sa ressource. Seulement, il croit que les animaux du bon Dieu sont à tout le monde. Et cette conviction lui met tous les gardes-chasse du pays sur le dos.

— Je comprends, dit Félix Métivier, mais je m'aperçois d'une chose. Il faut faire attention à ce qu'on dit, entre Français et Canayens. Les mots ont pas toujours le même sens.

— C'est ce qui fait le charme du voyage ! poursuivit Ramier. J'avais donc décidé de me mettre en chasse, si j'ose dire, d'un braconnier véritable qui serait mon maître en la matière. Je vais à droite et à gauche, je demande, je sollicite, toujours rien. Les braconniers sont une espèce évanescente. J'allais déclarer forfait quand on m'annonce, pour le soir même, une audience avec le plus fameux, le plus malin, le plus habile braconnier du cru. Il se nommait Louis Segall, je m'en souviens encore. Je devais le rencontrer dans une auberge. Je m'y rends de bonne heure. Six heures, neuf heures, personne. « Ces gens-là, c'est plein de méfiance », dit l'aubergiste en tendant les bras de chaque côté de son tablier. J'en ai été quitte pour convaincre le garde-chasse de mon oncle et l'un de ses confrères de m'initier à la pratique.

— Vous avez braconné avec des gardes-chasse ?

— J'étais à bout de ressource, je le précise. On me proposa une chasse au falot. Pour ce genre d'activité,

144

il faut être trois. Je serais le troisième, malgré mon manque d'expérience. Je secouais le « grelot », en l'occurrence une vieille boîte de conserve pleine de clous. Il s'agissait de maquiller le bruit de nos pas sur la lande. Le confrère de mon garde-chasse tenait lieu de lanternier, projetant sa lumière crue sur les ténèbres. Le troisième tenait un fusil dont il n'avait pas l'intention de se servir. Nous en avons surpris, des compagnies de perdrix ! Les lapins surgissaient de partout. Subjugués par la lumière, ils se boulaient, immobiles. Nous aurions pu les toucher. Cette expérience a confirmé ma vocation d'amateur de nature. Jamais, de toute ma vie, je ne me suis senti autant en harmonie avec la Création que cette nuit de 1924, quand je promenais mon « grelot » dans les landes du Gers !

— Moi, s'exclama Félix Métivier, c'est le travail qui me rapproche de la Création. Puis je vous dis que je fais pas les choses à moitié. En Canayen, on dirait que « j'ai gagné mes épaulettes ». Et moi aussi, ça se passait en 1924. En automne. J'ai bien failli y laisser ma chemise à part ça.

Et Félix Métivier se lança dans le récit du premier chantier qu'il avait mené à son propre compte. Il s'y était trouvé engagé par le plus fortuit des hasards. Il mangeait à l'auberge Grand-Mère en compagnie d'un Anglais, un nommé Cahoon, qui s'amusait à tester l'esprit d'entreprise de son convive.

— Si je vous dis : il faut aller chercher du bois où il y a pas de chemins ?

— J'en fais des chemins !

— Si je vous dis : il me faut un million et demi de billots au printemps ?

145

— J'engage des hommes en conséquence.

Au dessert, l'Anglais parla plus sérieusement. Un de ses confrères, Bob McKenny, de la MacLaren, cherchait quelqu'un qui n'avait pas froid aux yeux pour remplir un contrat difficile.

— Je suis prêt à aller le rencontrer demain matin, votre McKenny, déclara Félix Métivier.

— Tell him Cahoon sends you.

Et c'est ainsi que Félix Métivier se retrouva dans le bureau de Bob McKenny, un gros Anglais en complet rayé qui fumait le cigare en laissant tomber de la cendre sur le tapis. La pièce était encombrée de dossiers. Une secrétaire à grandes dents entrait et sortait sans frapper, intervertissant l'ordre des documents et interrompant parfois son patron pour réclamer des précisions sur l'un d'eux. L'autre ne semblait pas s'offusquer de cette attitude. On aurait dit qu'il se contentait d'exécuter les décisions prises par sa secrétaire. Mais il détenait de très grands pouvoirs dans la compagnie. Des certificats, des diplômes d'honneur et de grandes cartes d'état-major tapissaient les murs. Il se haussa sur le bout des pieds pour désigner un point sur l'une d'elles.

— Nous avons une concession là. C'est à quatre-vingts milles de Mont-Laurier. Il n'y a pas de route qui se rend là. Pas de chemin de fer. Aussi bien dire que nous n'avons pas de concession. Mais le bois est là. Moi, je suis prêt à signer un contrat avec celui qui ira le chercher.

Et il revint s'asseoir sur son fauteuil rembourré. Il se berçait en faisant craquer les ressorts, les mains jointes sur la bedaine, le cigare entre les doigts.

146

— Je suis votre homme, dit Félix Métivier. Combien vous en voulez de bois ?

— Je ne signe pas de contrat à moins d'un million et demi de billots.

Félix Métivier s'enveloppa dans la fumée de sa cigarette pour réfléchir très vite à la proposition qu'on lui faisait. Un million et demi de billots, ce n'était pas négligeable. Même un très beau contrat dans des circonstances normales. Mais il fallait tenir compte de l'éloignement. Et il n'y avait pas de route. Félix Métivier comprit enfin où était le piège. En l'alléchant avec le contrat d'un million et demi de billots, on le forçait à mettre en place toute une infrastructure routière dont le bénéfice resterait à la compagnie. Il décida de jouer le tout pour le tout.

— C'est pas un million et demi de billots que je vais vous rapporter, dit-il, c'est onze millions !

Il avait dit le chiffre au hasard. C'était très considérable pour un homme qui n'avait pas encore exploité de gros chantiers. Bob McKenny fut sans doute surpris mais n'en laissa rien paraître.

— Pourquoi onze millions ?

— Parce que tant qu'à être rendu au bout du monde, autant en profiter pour couper du bois pendant qu'on y est !

L'Anglais rit. Félix Métivier aussi. Ils se serrèrent la main.

— It's a deal ! Si vous voulez, on va laisser le contrat ouvert. Minimum un million et demi de billots. Maximum onze millions. Vous couperez ce que vous pourrez. On vous paiera.

En rentrant à Mékinac, Félix Métivier avait mal à la tête. Il était allé trop loin. Il le savait. Mais il n'avait pas l'intention de reculer. Il mangea une bouchée sur le coin de la table et s'enferma dans son bureau. On l'entendit téléphoner. Bientôt, un premier visiteur se présenta. D'autres le suivirent. Il était plus de minuit quand le dernier se retira.

Au cours de la soirée, Félix Métivier et ses principaux lieutenants évaluèrent l'ampleur de la tâche. On estima qu'il faudrait quatre cents travailleurs et plus de deux cents chevaux à la seule fin d'ouvrir la route. Pour couper les quantités astronomiques de bois que Félix Métivier avait promises, il faudrait compter sur plus de mille bûcherons. Le tout sur un territoire qu'on ne connaissait pas. Félix Métivier libéra ses employés après avoir désigné deux d'entre eux pour aller reconnaître les lieux.

Ils revinrent au bout d'une semaine, encore ébranlés par ce qu'ils avaient vu. Une forêt de commencement du monde, au bout du monde précisément.

— Mais tout se fait ! ajouta l'un des adjoints en haussant les épaules.

— Ben si ça se fait, on va le faire ! ponctua Félix Métivier en frappant du poing sur la table.

Il n'avait pas l'habitude de telles démonstrations. A compter de ce moment, personne de l'état-major de Métivier ne s'interrogea plus sur la vraisemblance de l'entreprise. On se contenta de prendre les moyens d'assurer sa réussite.

On commença par recruter les contremaîtres. Six grands *boss* et une trentaine d'adjoints. Il en vint de partout, des usines, des municipalités, des entreprises de voirie. A chacun, Félix Métivier promit une part plus qu'honnête des profits.

Une équipe de six individus avait été constituée

pour veiller à l'approvisionnement. On loua des bureaux et des entrepôts à Mont-Laurier. Cette municipalité de l'Outaouais se trouvait à près de cinq cents kilomètres de Mékinac. Félix Métivier faisait la navette chaque semaine entre les deux endroits. Aux hommes chargés de l'approvisionnement, il serinait toujours la même chanson :

— Lésinez pas sur les moyens. Je veux que mes employés soient les mieux traités de la province de Québec.

Les grands commis ne connaissaient pas cet air-là. Ils avaient plutôt l'habitude d'entendre : « Le moins cher possible. » Ils s'y mirent toutefois avec diligence. Ce n'était pas simple. Quatre cents engagés sur la route, cela représentait une cinquantaine de tentes, quatre cents couvertures, des haches, des bêches, toute la machinerie destinée à l'aplanissement. Pour nourrir les deux cents chevaux, il fallait dresser des écuries démontables qu'on déplacerait au fur et à mesure qu'on progresserait. Faire suivre des milliers de tonnes de foin. L'avoine. Les harnais. Un déploiement de guerre.

Un mois plus tard, les travaux commençaient. Mont-Laurier était desservie par le chemin de fer du Pacifique Canadien. De là, on pouvait toujours compter sur un tronçon de soixante-cinq kilomètres de mauvaise route qu'on retoucha. Il restait trente kilomètres de sentier à élargir et à aplanir. Au-delà, il fallait encore s'enfoncer dans la forêt vierge sur une distance de trente-sept kilomètres.

Pendant ce temps, on recrutait les bûcherons. La nouvelle s'était répandue de La Tuque à la frontière américaine, et de Montréal à Québec. Les curés en

149

parlaient au prône le dimanche. Un dénommé Félix Métivier, de Mékinac, engageait pour le plus gros chantier qui se soit jamais vu, et les gages seraient bons.

Le jour dit, huit cents hommes convergèrent sur Trois-Rivières. Toute capitale régionale qu'elle fût, cette dernière ne comptait au plus que vingt-cinq mille habitants en ces années-là. L'arrivée de huit cents bûcherons, le sac sur l'épaule, ne passa pas inaperçue. La perspective du départ serrait la gorge de ces hommes. Ils avaient soif. Ils prirent d'assaut tous les hôtels et les débits de boisson qui se trouvaient dans la ville et les campagnes environnantes.

Ah oui! il est vraiment capable,
Ce Canadien, le bûcheron!
Ah oui! il est infatigable,
Bon travailleur et gai luron.

Bing sur la ring,
Bang sur la rang,
Laissez passer les raftmen,
Bing sur la ring bing-bang!

Les mères avaient interdit à leurs enfants de sortir. Sur les trottoirs de la ville, les citoyens s'alignaient devant tant d'animation. La nuit fut longue. Bien peu dormirent dans un lit. C'est par dizaines que les policiers invitèrent les bûcherons à profiter du confort et de la quiétude des cellules municipales. Au matin, Félix Métivier alla trouver le chef de police.

— C'est ben beau de mettre mes hommes en prison comme ça, mais ça fait pas mon affaire. Des hommes au cachot, ça vaut pas grand-chose pour couper du bois.

— Préviens-moi une dizaine de minutes avant ton départ, répondit le chef Hubert. M'a te les ramener moi, tes boulés !

Ce qui fut fait. Jamais les abords de la gare n'avaient connu une telle animation. Félix Métivier avait affrété un train spécial du Pacifique Canadien. Seize wagons de passagers, une dizaine pour les marchandises, deux locomotives. Le convoi s'ébranla. Mais la grandeur de la circonstance énervait les hommes. Ils s'accrochaient à leurs flasques comme au Saint-Sacrement. Bientôt, ils recommencèrent à se provoquer entre citoyens de municipalités différentes.

— Moué, les gars de Saint-Elphège, je les mets dans mes culottes pis je pète.

— Qu'ils viennent, les fifis de Saint-Prosper, m'a leur couper le sifflette, moué !

Félix Métivier remonta le convoi en s'arrêtant dans chaque wagon. Il s'immobilisait un instant et observait la pagaille. Quand il avait reconnu le plus turbulent de ses passagers, il se dirigeait vers lui. Les autres riaient sous cape. Le boulé allait être réprimandé par le boss. Mais Félix Métivier lui tenait un langage inattendu.

— Je vois que c'est toi qui as le plus d'emprise sur les autres, ici-dedans. Ça tombe bien parce que j'ai justement besoin d'un homme comme toi. Une gagne de même, c'est pas facile à contrôler. Je peux pas voir à tout en même temps. Ça fait que c'est toi qui es en charge. S'il y a quelque chose qui va pas, tu viendras me voir.

151

A Saint-Martin, au nord de Montréal, on ajouta deux locomotives aux deux qui se trouvaient déjà en tête du convoi. Les hommes s'assoupirent pendant que le train soufflait dans les Laurentides. Félix Métivier et ses contremaîtres en profitèrent pour effectuer une autre tournée des wagons. Toutes les flasques qu'ils purent trouver furent réquisitionnées et jetées par les fenêtres. Le train entra en gare à Mont-Laurier à six heures le lendemain matin.

Huit cents hommes et leurs bagages à installer sur des voitures à chevaux. Une procession comme on n'en avait jamais vu. Félix Métivier pressa le départ. Il ne voulait pas que ses hommes s'approvisionnent de flasques neuves.

Le convoi s'ébranla sur la route nouvellement ouverte à son intention. On mit huit jours à franchir les cent trente kilomètres qui séparaient Mont-Laurier du camp. Les tentes dressées chaque soir. Les cuisines en fonction dès quatre heures de l'après-midi. Monté sur un cheval, Félix Métivier inspectait ses troupes comme un général.

Parvenus sur le territoire qu'ils devaient occuper, les meilleurs éléments furent retenus pour la construction des bâtiments. On envoya les autres bûcher sans délai. A Noël, ils étaient mille deux cents à abattre des arbres pour remplir le contrat de la MacLaren. Peu de temps après le premier de l'an, Félix Métivier fut convoqué au bureau de Bob McKenny. Le gros homme tapait rageusement avec sa règle sur son pupitre.

— Qu'est-ce qui vous prend ?

— Je remplis mon contrat, répondit Félix Métivier.

— J'aime autant vous le dire tout de suite. Si vous continuez à ce rythme-là, la compagnie pourra pas vous payer.

Félix Métivier s'approcha du pupitre sur lequel il posa ses mains bien à plat. Incliné vers son interlocuteur, il s'entendit dire :

— Moi, j'ai un contrat et j'ai pris le moyen pour le remplir. J'ai mille deux cents hommes dans le bois. J'ai donné des sous-contrats à des jobbeurs pour onze millions de billots. Je n'ai rien qu'une parole et mes hommes vont continuer.

— Je vous le répète, insista McKenny, la compagnie n'a tout simplement pas les fonds nécessaires pour acheter une aussi grande quantité de bois.

— Vous les trouverez où vous voudrez, répondit Félix Métivier. Tout ce que je peux faire, c'est de ralentir mes gars, mais sans que ça touche leur paie. Je leur ai promis quarante-cinq piastres par mois, et vous savez comme moi que je suis le seul à payer ces prix-là. Maintenant, je suis prêt à réduire la coupe de onze à neuf millions de billots. C'est une partie de mon profit que je mange, je le sais. Je suis prêt à faire le sacrifice pour que vous vous souveniez d'une chose. Quand Félix Métivier fait une promesse, il la tient.

Et Félix Métivier tint sa promesse. La MacLaren également. Elle paya les neuf millions de billots.

— Le profit a pas été si mal non plus, conclut Félix Métivier. Ça monsieur, j'appelle ça rendre hommage à la Création !

Depuis quelques minutes, l'avironneur fronçait les sourcils en regardant devant lui, par-dessus les épaules de Henri Ramier. Un bruit insistant se faisait entendre. Ils filaient de plus en plus vite.

— Tenez bien votre tuque! dit soudain Félix Métivier. On a des rapides à sauter. C'est juste un mauvais moment à passer.

11.

Tout se produisit très vite. Le canot entra dans le courant. Sa structure frémit. Félix Métivier enfonça son aviron derrière la pince. Le canot fila. Métivier gouvernait comme il le pouvait. Son feutre à larges bords rejeté derrière la tête. Le verre de ses lunettes rondes éclaboussé.

L'eau moutonnait. La rivière rétrécissait. Des blocs de roc la bordaient. Elle s'encaissa entre deux falaises. Bifurqua vers la droite. Au sortir de la courbe, Henri Ramier cria. Il n'y avait plus de rivière devant eux.

Un chaos de roches et de remous s'éboulait. Le canot chercha l'eau profonde. Le courant s'engouffrait dans une passe étroite. La rivière s'inclina et le canot piqua dans la descente. Au moment de se redresser, la pince plongea dans le remous. Ramier reçut un paquet d'eau.

Puis l'embarcation se mit en travers. Elle franchit quelques mètres dans cette position. Son flanc labourait l'eau. Quelques centimètres de plus et elle emplissait. Un choc soudain. Le franc-bord du canot venait de heurter une roche. Il vira de lui-même et partit à reculons.

Métivier et Ramier ne pouvaient se retourner pour voir où ils allaient. Un second choc. L'arrière du

155

canot venait de buter sur un tronc d'arbre coincé en travers du passage. Félix Métivier dégagea le canot et le relança dans le courant.

Il y avait de l'eau au fond de l'embarcation. Quand le canot piqua du nez une seconde fois, toute cette eau se retrouva à l'avant. L'appareil et l'équipage culbutèrent. En plongeant dans le courant, Ramier eut le temps de voir le canot renversé voler en l'air au-dessus de sa tête.

Le flot de la rivière emporta les deux hommes et le canot sur un peu moins d'un kilomètre. Deux sacs difformes — on pouvait voir que c'étaient des êtres humains aux bras et aux jambes qui surgissaient parfois du bouillon — ainsi qu'un canot crevé filaient entre les falaises, dans une courbe de la rivière Vermillon. Chacun pour soi.

Henri Ramier entendait des coups de tonnerre dans sa tête. Il voyait rouge derrière ses paupières. Les poumons pleins d'eau. Une seule certitude : il allait mourir. Le visage de sa femme, le Guibourg au couchant et l'Adour des petits matins. Puis il se revit chevauchant une barrique au magasin de son enfance. C'était donc vrai. On repassait sa vie en mourant noyé.

Une douleur au côté. La tête hors de l'eau quelques instants, il aperçut la cime des épinettes. Elles dansaient la gigue. Au moment de replonger, une force le retint. L'eau coulait moins vite autour de ses jambes, mais le haut et le bas n'avaient pas retrouvé leur position. Sa main toucha le fond. La force le tirait. Sa tête surgit de l'eau. Il toussa. Ouvrit les yeux. Il était dans les bras de Félix Métivier.

Debout dans une crique peu profonde, les deux

hommes s'accrochaient l'un à l'autre, se crachant au visage toute l'eau de leurs poumons. Ramier constata que Félix Métivier avait perdu ses lunettes et son chapeau. Puis le peintre retomba sur les genoux, la bouche au ras de l'eau. Métivier le rattrapa. Le pressa contre sa poitrine et se mit en frais de marcher vers la rive, entraînant son fardeau avec lui. Ils s'effondrèrent l'un à côté de l'autre sur la berge boueuse.

Une demi-heure plus tard, Félix Métivier était parvenu à faire du feu. Le secret de l'opération : il avait des allumettes dans une boîte étanche dans la poche de son pantalon. Le reste n'était qu'affaire de détermination, rassembler des feuilles mortes, des brindilles, des branches, et souffler là-dessus le temps qu'il fallait.

Henri Ramier n'avait été d'aucune utilité dans cette entreprise. Après avoir toussé et craché la plus grande partie de l'eau qu'il avait ingurgitée, il s'était effondré sur le sol, en proie à de lourds sanglots. Quand le feu fut bien haut, Félix Métivier redressa son compagnon et entreprit de lui ôter ses vêtements mouillés. Ramier sanglotait toujours, les yeux dans le vide.

— Excusez-moi, répétait-il entre ses hoquets.

Mais Félix Métivier ne faisait pas cas de ces politesses.

— C'est les nerfs qui ont lâché, expliqua-t-il. C'est normal. Vous venez de vivre ce qu'il y a de plus dur dans le bois. Ce sera pas long, ça va se replacer. Seulement, faut que vous ôtiez tout votre linge, sinon ça servirait à rien de vous avoir sauvé. Mouillé de même, un homme peut attraper son coup de mort en quelques minutes. Aidez-vous un peu.

Ils furent bientôt tous les deux nus devant le feu. Ils prenaient toutes les précautions pour ne pas se regarder. Accroupis sur les talons, ils cachaient leur sexe entre leurs cuisses. Mais la blancheur de leur poitrine et la fragilité de leurs côtes surprenaient tout autant que la bête velue qu'ils se dissimulaient.

De plus, Ramier ne pouvait se défaire d'un persistant malaise à la pensée du contact physique qu'il avait eu avec Félix Métivier. Ils s'étaient tenus dans les bras l'un de l'autre, même après qu'ils eurent regagné la rive. Ramier songea à la guerre.

Il faisait partie de la cinquième compagnie. La veille, les Allemands avaient enfoncé les premières lignes françaises, dans l'axe de la Tranchée de Calonne. L'attaque se déclencha vers midi. Une fusillade frénétique. Ramier tenait énergiquement sa position. Il venait d'être une heure et demie. Un éclat, à ses côtés, le fit sursauter. Son compagnon avait été atteint. Sous l'impact, son corps avait rebondi sur le remblai. Ramier se dressa pour le ramener à l'abri. Un choc soudain. La plus grande douleur qu'il eût éprouvée de toute sa vie. Le torse tordu vers la gauche. L'impression que son bras était arraché. Il vit ce bras sursauter sous le coup d'un deuxième projectile. Puis une entaille rouge en haut, sur la vareuse, à la hauteur de l'épaule. Il tomba.

Ses compagnons le halèrent dans la tranchée. Un peu plus tard, des mains déchirèrent ses vêtements, aveuglèrent de pansements l'artère humérale d'où le sang continuait de gicler. Ces mains étaient chaudes, comme celles de Félix Métivier quand il l'avait tenu dans ses bras, dans la crique peu profonde de la rivière. Ramier se remit à sangloter.

— Excusez-moi, dit-il encore de nouveau, c'est plus fort que moi.

Il se regarda, poussin déplumé assis sur les talons. Il regarda Félix Métivier franchement et, cette fois, il éclata de rire.

— On est dans de beaux draps! s'exclama-t-il sous les accès de rire.

— Ouais! on a l'air fin, admit Félix Métivier. Le pire est passé, c'est certain, mais on est pas sortis du bois, comme on dit.

C'était vrai. A l'exception des allumettes que Félix Métivier conservait dans la poche de son pantalon, dans une boîte étanche, au bout d'une ficelle attachée à une ganse, ils n'avaient plus rien. Les chaussures et les chapeaux emportés dans le courant. Même leurs poches retournées par l'eau vive. Ramier avait retrouvé des cailloux ronds dans l'une des siennes.

En étendant les chemises et les pantalons sur des branches fichées en terre, Félix Métivier avait formé comme des paravents autour du feu. Les deux hommes occupaient le côté sud de ce dispositif. De temps à autre, ils se retournaient pour présenter l'arrière de leur corps à la chaleur.

— Quand notre linge va être à peu près sec, poursuivit Félix Métivier, il va être temps de se faire un abri pour la nuit.

Ramier sursauta.

— Qu'est-ce qui nous empêche de rentrer à pied?

— Deux ou trois choses, répondit Métivier. D'abord, on est pas du bon côté de la rivière, puis ça s'adonne que c'est la rive escarpée. Ce sera pas facile de marcher. Il y a pas de chemin. Ensuite, on est à une quinzaine de milles du camp. Sur un beau chemin droit, c'est une affaire de trois heures, trois heures et demie. Dans le bois, ça peut prendre le double. Puis à part ça, il y a toujours le risque de se perdre à la noirceur. Sans compter qu'on n'a rien pour se défendre, pas de hache, pas de couteau, rien. Le mieux c'est de passer la nuit ici.

— Vos hommes vont nous chercher, fit observer Ramier.

— Sûrement pas, répliqua Félix Métivier. Je leur ai toujours dit de pas s'occuper de moi, parce que je sais jamais où je peux rebondir.

Ramier regarda la rivière. Elle coulait paisible entre ses rives. Félix Métivier observa son compagnon à la dérobée.

— Si cette rivière-là pouvait dire une prière pour chacun de ceux qui se sont noyés dedans, on s'entendrait plus parler dans le bois. Un homme qui s'en revenait avec sa femme et son enfant qu'il était allé faire baptiser. Ils se sont noyés tous les trois. L'abbé Turmel, lui, a chaviré en revenant de faire sa tournée des chantiers. Ils ont retrouvé le corps le printemps d'ensuite. La plus grosse noyade que je me souviens, c'est seize hommes dans une barge qui a été prise dans un remous. Il y en a juste deux qui se sont réchappés. Sans compter les deux ou trois draveurs qui se noient chaque année.

— Depuis le temps que j'entends parler de la drave, intervint Henri Ramier, je me demande si le moment ne serait pas venu que vous me disiez ce que c'est. L'abbé Tessier m'a parlé des billes de bois qu'on fait flotter...

— Il y a deux sortes de drave, commença Félix Métivier. Les billots de douze pieds puis la pitoune.

160

— La quoi ?

— Ça a commencé sur la rivière des Outaouais. Ils coupaient le bois en quatre pieds. De l'épinette pour faire de la pulpe pour les papeteries. Il devait y avoir une gagne de gars qui parlaient rien qu'anglais. Ils poussaient sur ce bois-là, de quatre pieds, avec leurs gaffes, pour le faire descendre jusqu'à Ottawa où étaient les moulins à papier. En même temps qu'ils faisaient ça, ils parlaient à leur bois. Ils disaient : « Go to Happy Town. » Parce que dans ce temps-là, pour ces gars-là, Ottawa, c'était la place où ils avaient du fun en descendant. Comprenez-vous ? Happy Town.

Ramier demeurait perplexe. Félix Métivier prononça deux ou trois fois les mots Happy Town en les compressant et en leur retirant leur sonorité anglaise, jusqu'à ce que le terme pitoune surgisse de cette transformation. Mais Ramier hésitait toujours.

— En fin de compte, pitoune, comme vous dites, c'est la ville ou le bois ?

— Le bois, précisa Félix Métivier. Du petit bois de quatre pieds. Un peu plus d'un mètre. Asteure que vous savez ce que c'est la pitoune, enchaîna-t-il, vous allez comprendre comment ça marche, la drave.

Au temps des Français, la fourrure constituait la principale ressource de la colonie. Avec les Anglais, advint l'ère du bois. Contrairement à ce que l'on pourrait penser, les réserves de bois n'étaient pas illimitées au Canada, et surtout, la forêt ne se renouvelait pas au rythme que l'on connaissait sous les climats tempérés d'Europe. Au Canada français, il faut vingt-cinq ans pour produire un arbre de bois mou. Près du double pour obtenir du bois franc.

Personne n'était disposé à attendre tout ce temps pour exploiter la forêt nouvelle qui surgirait naturellement des coupes. Encore moins à reboiser pour accélérer le processus. On se résigna donc à couper le bois de plus en plus au nord du territoire.

Ce qui comportait la contrainte de la distance. Mais la géographie semblait avoir trouvé le moyen de parer à cet inconvénient. Le fleuve Saint-Laurent, l'un des plus importants cours d'eau du monde, traversait le Canada français d'ouest en est. Il suffisait d'y faire flotter le bois. Mais ce bois, il fallait bien le descendre du Nord jusqu'au fleuve.

Comme pour faciliter les choses, la nature canadienne a disposé trois grandes rivières sur le plateau qui borde la rive nord du fleuve, l'Outaouais, le Saint-Maurice et le Saguenay. L'Outaouais fut exploité en premier. Son cours serein se prêtait aisément au flottage du bois. On contourna les quelques obstacles inévitables en construisant de grandes glissoires en parallèle aux chutes et aux rapides. Dans le cas du bois de douze pieds, il était rassemblé en radeaux d'environ quatre mètres sur quatre qu'on attachait les uns aux autres pour composer des trains de bois de près d'un kilomètre de longueur. Les *cages*, disait-on. Et vogue la galère jusqu'à Québec.

Quand on voulut appliquer le processus au Saint-Maurice, on s'aperçut que la rivière était beaucoup plus capricieuse. Vers 1850, le gouvernement forma une commission pour étudier le problème. Peu de temps après, l'Etat s'engagea à exécuter les travaux nécessaires au flottage du bois sur une partie du Saint-Maurice. Au printemps de 1852, les estacades étaient terminées à l'embouchure de la rivière. On construisit des glissoires à Shawinigan et à Grand-Mère. Des travaux de dragage complétèrent les aménagements.

Mais le Saint-Maurice est un arbre dont lui-même ne constitue que le tronc. Il fallait aussi rendre la drave possible sur ses affluents. Des travaux furent donc entrepris, toujours aux frais du gouvernement, sur ces tributaires. Au début du siècle, le réseau était en place.

Les grandes entreprises d'exploitation forestière s'entendirent pour mettre en commun les ressources humaines et matérielles nécessaires au flottage du bois sur le Saint-Maurice. Les petits entrepreneurs procéderaient à leur propre drave sur les affluents. C'est ainsi que Félix Métivier fut amené à retenir les services d'un des plus renommés chefs de drave du Saint-Maurice.

Il se nommait Albert Saint-Louis. Il était originaire de Grand-Mère. Un grand gaillard. L'une des activités les plus importantes auxquelles il semblait consacrer sa vie consistait à rouler des cigarettes d'une seule main, comprimant le tabac entre le bout de ses doigts pour l'étaler sur une fine feuille de papier qu'il arrondissait uniformément avant de porter le tout à sa bouche où il mouillait la colle d'un petit coup de langue vif. La cigarette fichée entre les lèvres, il l'allumait en clignant les yeux, la tête inclinée, sans pour autant vous avoir quitté du regard un seul instant.

Taciturne cependant. Lui adressiez-vous une question qu'il vous répondait plusieurs minutes plus tard, alors que votre esprit s'était déjà porté sur un autre sujet. Il marchait à grands pas lents, comme sur des ressorts. Il ne semblait pas sensible au froid malgré sa maigreur étonnante. Seule ombre au tableau, il ne fallait pas approcher Albert Saint-Louis quand il était ivre. Or, le chef de drave ne dessaoulait pas de tout le temps qu'il n'était pas occupé à ses fonctions, soit six mois par année. Félix Métivier s'était déplacé pour le rencontrer dans une taverne de Grand-Mère.

— Tout le monde dit que tu es le meilleur homme pour la drave, commença Métivier. Seulement, il y a un inconvénient. Le monde dit aussi que tu es un baril pas de fond.

Saint-Louis regarda l'entrepreneur sans rien dire. Métivier poursuivit.

— Je suis venu te dire que je vais être obligé de me passer de tes services. J'aurais aimé ça t'engager, mais je suis pas mal certain que tu pourras pas remplir la condition la plus importante.

Saint-Louis ne broncha pas. Félix Métivier reprit son exposé.

— Les gars qui travaillent pour moi en hiver dans le bois, même chose pour les draveurs, c'est pas des enfants de chœur. Ce qu'ils font avec leur argent, ça les regarde. Mais ce qu'ils font pendant qu'ils sont à mon service, c'est moi que ça regarde, parce que c'est mon argent qu'ils sont en train de gagner.

L'autre ne sourcillait toujours pas. Félix Métivier en était à se lever pour quitter l'établissement quand Saint-Louis ouvrit la bouche.

— J'aime ça comment vous parlez vous.

Félix Métivier se rassit, le chapeau sur la tête et les gants sur la table.

— Six mois à vous, six mois à moi, dit encore Saint-Louis.

Il n'avait peut-être pas parlé avec tant de volubilité depuis longtemps. Il ressortit de leur entretien que le chef de drave s'engageait à ne pas boire une seule goutte d'alcool pendant les six mois de l'année au cours desquels il serait au service de Félix Métivier. Le reste du calendrier lui appartenait. Deux semaines plus tard, il se présenta au Panier percé en compagnie des hommes de son équipe.

Une douzaine de boulés, comme on disait pour désigner les brutes en s'inspirant du terme anglais de *bullies.* Jeunes pour la plupart. Tous plus déconcertants les uns que les autres. Des barbes de patriarches et des cocos rasés. Des tuques bigarrées. Des makinaws raides de crasse. Et des poignards à la ceinture.

On était aux basses eaux de juillet. La saison idéale pour aménager la rivière. Saint-Louis et son équipe remontèrent la Vermillon en barge d'Ottawa jusqu'au territoire où Félix Métivier devait faire chantier la saison prochaine. Ils la redescendirent en examinant chaque mètre de ses berges.

Ils firent sauter les grosses roches à la dynamite. Dépierrèrent le lit de la rivière à la main. Débarrassèrent les rives des troncs d'arbres et des broussailles qui les encombraient. Construisirent des jetées latérales dans les méandres. Dressèrent enfin des écluses, à distance variable, pour régulariser le niveau de l'eau. Fin septembre, Saint-Louis et ses hommes connaissaient la rivière comme le fond de leur poche. En route, ils avaient érigé une dizaine de caches où ils entreposeraient leurs provisions le temps venu. En

165

redescendant, en octobre, ils croisèrent la première équipe de bûcherons qui montait.

Les draveurs ne reparurent au Panier percé qu'à la mi-mars. Leur arrivée provoqua une commotion. Dans le monde des travailleurs de la forêt, les bûcherons étaient le peuple dont les draveurs constituaient l'élite. Ces derniers ne manquaient pas de faire valoir leurs privilèges. L'un d'eux s'installait-il à une table que toutes les places étaient réservées d'office à ceux de sa confrérie. Et pendant que les autres se levaient à la barre du jour pour aller finir d'abattre leur quota de bois de l'hiver, les draveurs se prélassaient sur leur paillasse, se moquant ouvertement des tâcherons qu'ils méprisaient.

A la mi-avril toutefois, une fébrilité s'empara des draveurs. Saint-Louis sortait la nuit humer l'air qui tiédissait. Un jeudi midi, il s'enferma avec Félix Métivier dans son bureau. Le soir, à leur retour au camp, les bûcherons constatèrent que les draveurs étaient partis. Cela signifiait que la saison de coupe de bois était terminée.

Pendant tout l'hiver, des équipes spécialisées avaient charroyé le bois sur la glace des lacs et des ruisseaux connectés au réseau de la Vermillon. La fonte des neiges entraîna une importante coulée d'eau qui pesa sur la glace. Le bois enfonça bientôt cette glace sous son poids. Mais les écluses aménagées par Saint-Louis et ses hommes tenaient bon. Une semaine plus tard, un messager apporta un papier bleu à Félix Métivier. Il provenait de Saint-Louis. « Je rouvre la digue du lac Croche à soir. J'ai seize pieds d'eau. Tenez-vous bien. Ça va barder. »

Albert Saint-Louis avait dépêché ses hommes sur

le parcours. Deux sur le lac pour vider les anses et pour surveiller l'entrée des billes dans les portes de l'écluse. Quatre autres le long de la Vermillon, aux endroits où des embâcles risquaient de se former. Un petit jeune homme de quinze ans était chargé de porter les messages d'un point à l'autre car, si un embâcle trop important venait à se former, il importait de fermer promptement l'écluse et de retenir le bois pour ne pas aggraver la situation.

Quand Albert Saint-Louis ouvrit la digue, des milliers de tonnes de bois se ruèrent dans le courant. Les six draveurs restants avaient mis leurs tentes et leurs provisions dans la barge d'Ottawa qu'ils avaient hissée sur la berge. Sitôt que le dernier billot eût franchi l'écluse, on poussa l'embarcation à l'eau. L'aventure commençait.

Les billes partaient dans toutes les directions. Certaines se fichaient dans la glaise des berges. D'autres s'empêtraient les unes dans les autres et formaient des débuts d'embâcles. Au signal d'Albert Saint-Louis, le petit jeune homme courait annoncer qu'on devait fermer l'une des écluses secondaires. Pendant ce temps, le bois s'empilait. Il arrivait que l'embâcle atteignît trois ou quatre mètres de hauteur. Il s'étalait souvent sur cent mètres de longueur, et parfois davantage.

Les draveurs montaient sur l'embâcle, chaussés de leurs bottes cloutées. Ils tenaient de longues gaffes ferrées à la main. Par la force des choses, les embâcles se formaient aux endroits les plus accidentés de la rivière. Souvent à la tête des rapides. L'eau grondait sous l'amas de bois qu'il s'agissait de dépêtrer sans être emporté quand les billes s'engouffreraient dans le courant. Commençait alors la plus formidable danse de la vie et de la mort.

Les draveurs savaient se tenir en équilibre sur une pièce de bois roulant sur elle-même dans l'eau. Pour y parvenir, ils se servaient de leur gaffe comme d'un balancier. Ils sautaient au-dessus des flots tumultueux.

Une seule pièce mal placée se trouve toujours à l'origine de tout embâcle. Les draveurs avisés trouvaient la clé qui retenait l'ensemble. Ils la mettaient à découvert et, après avoir échangé un clin d'œil, ils la dégageaient tout en sautant en arrière.

Le bois se dressait comme les tuyaux d'un orgue. L'eau jaillissait. Les hommes regagnaient la rive. S'il arrivait que l'un d'eux tombe, on envoyait tout simplement la barge le recueillir un peu plus bas. Sans trop d'inquiétude. Car les draveurs se savaient invincibles.

En fin de journée, il ne se trouvait habituellement pas un seul homme de l'équipe de Saint-Louis qui ne fût mouillé de part en part. On était en avril. Il gelait encore la nuit. Quand le soleil descendait à l'horizon, les draveurs se rassemblaient dans leur barge.

Deux hommes à l'avant, deux au milieu, aux rames, deux à l'arrière et un pilote au gouvernail. Les tentes, les provisions, le matériel, gaffes, crochets et ancres, débordaient du franc-bord. La barge glissait, silencieuse, sur les eaux brumeuses de la fin du jour. Transis, les draveurs se figeaient dans l'immobilité. La fumée de leur pipe flottait sur l'humidité du soir.

Ils ne campaient jamais deux fois au même endroit. Ils assumaient tour à tour les tâches domestiques, dresser la tente, ramasser du bois, faire le feu et cuire le lard. Ils dormaient sur des branches de sapin, enroulés dans des couvertures crasseuses, et leur haleine formait des jets de vapeur sous la tente. Au réveil, ils avaient du givre sur la barbe et les sourcils.

Ils se remettaient en marche au matin. Deux hommes gouvernaient la barge. Les autres patrouillaient les rives à pied. Avec leur gaffe, ils repoussaient dans le courant les billes échouées sur les berges. Ainsi jusqu'aux estacades du Saint-Maurice où le bois s'accumulait. Des équipes plus importantes, constituées par l'ensemble des sociétés exploitant la forêt, assureraient la drave du Saint-Maurice jusqu'à Grand-Mère, Shawinigan et Trois-Rivières.

— J'ai trouvé ! s'exclama Henri Ramier.

Il était tout excité. Il se dressait, nu, devant le feu que Félix Métivier tisonnait avec une branche.

— J'ai trouvé ! répéta le peintre. A mesure que vous me racontiez la drave, je sentais que ce phénomène m'était familier. Il m'en rappelait un autre. J'ai trouvé ! Votre drave, c'est la transhumance.

Félix Métivier ne connaissait pas ce terme. D'un froncement de sourcils, il le fit savoir à son compagnon.

— La transhumance ! Les bergers qui mènent les moutons à la montagne. Vos draveurs, ce sont les bergers du bois.

La comparaison était jolie. Félix Métivier acquiesça dans un sourire. Mais une ombre l'assombrit aussitôt.

— Peut-être bien, dit-il, mais je pense pas qu'aucun de vos bergers ait eu une fin aussi tragique que Saint-Louis.

— Que lui est-il arrivé ?

169

— Un embâcle plus gros que les autres. Ils avaient travaillé toute la journée pour le démancher. Rien à faire. Dans ces cas-là, il y a rien qu'une solution. La dynamite. On le fait le moins possible. Ça magane le bois. Puis c'est dangereux.

— Vous voulez dire...

— Oui, soupira Félix Métivier. Ils avaient dégagé comme un cratère dans la pile de bois. La clé était en dessous. Saint-Louis a dit : « C'est moé qui va y aller. » Ça sauté avant qu'il ait eu le temps de ressortir. J'ai toujours pensé qu'il savait ce qui allait lui arriver.

Pour chasser la bouffée d'émotion qui l'envahissait, Félix Métivier tendit la main vers ses vêtements.

— C'est pas tout ça, dit-il, asteure que notre linge est sec, on va s'habiller puis on va casser des branches pour se faire un abri. J'ai bien peur que la nuit soit longue.

12.

— Vous croyez au diable ? demanda Félix Métivier.

Il tourna la tête vers Henri Ramier. Il ne pouvait le
voir distinctement depuis qu'il avait perdu ses
lunettes. Le peintre était assis à ses côtés, sur le sol
garni de sapinettes, devant le feu, sous une hutte
composée de branches de sapins et d'épinettes tres-
sées avec fantaisie. Comme ils n'avaient ni hache ni
couteau, ils s'étaient contentés de ce qu'ils pouvaient
casser avec leurs mains.

Faire du feu sans instrument présente aussi quelque inconvénient. Félix Métivier brûlait donc un
tronc d'arbre entier qu'il poussait dans le brasier à
mesure qu'il se consumait. On disait que les Afri-
cains pratiquaient cette méthode.

Depuis que leur canot avait chaviré dans les
rapides, au milieu de la journée, Félix Métivier et
Henri Ramier avaient bien accompli tous les gestes
nécessaires à leur survie. Leurs vêtements avaient fini
de sécher sur eux. Maintenant, ils avaient faim. Ils
savaient qu'ils devaient penser à autre chose.

Ramier portait souvent la main à son côté. Il avait
dû se fêler une côte dans la dégringolade des rapides.
Il ne se plaignait pas, mais Félix Métivier le sentait
inquiet. C'était une chose de passer la nuit à bracon-

ner dans les taillis d'un Gers peuplé de gardes-chasse d'opérette, c'en était une autre de s'accrocher aux berges d'une rivière qui venait tout juste de refermer ses mâchoires à un centimètre de votre derrière.

Félix Métivier connaissait le malaise éprouvé par Ramier et le remède qui lui convenait. Parler. Depuis toujours, dans la caverne de l'homme primitif comme au campement des portageux de la Mauricie, la parole tenait la nuit en respect. Mais parce qu'il avait peur lui aussi sans le savoir, Félix Métivier évoqua le personnage qu'il ne fallait pas.

— Vous croyez au diable ? redemanda-t-il.

— Si j'en juge par ce que je constate dans le monde, répondit le peintre, il serait inutile de nier son existence.

— Moi, poursuivit Félix Métivier, je l'ai vu une fois.

Ramier coula son regard sur les buissons que la lueur du feu faisait danser.

— Pour dire vrai, précisa Félix Métivier, je l'ai plus entendu que vu. J'avais onze ans. Je revenais de porter une commande d'épicerie chez une vieille qui restait à un mille du village de Mékinac. C'était l'été. Il pouvait être neuf heures du soir. J'avais ma petite voiture à quatre roues que je traînais derrière moi. Elle était vide comme de raison. Je marchais sur un chemin de terre. A certains endroits, il y avait des ornières profondes que les charrettes avaient laissées sur le chemin le printemps d'avant. J'avais de la misère à avancer. Il commençait à faire noir. J'étais plutôt découragé. Puis v'là que le chemin s'enfonce dans le bois. Pas besoin de vous dire que le bois, c'est pas la place d'un petit gars de onze ans quand la noirceur est tombée. Mais il y avait rien d'autre à faire si je voulais revenir à la maison. Je rentre dans le bois puis je me mets à chanter à tue-tête. Je pensais bien m'en tirer comme ça, mais v'là-t-il pas que j'entends marcher derrière moi. Je me retourne. Ni rien ni personne. La peur m'a pris. J'ai pas fait ni une ni deux puis je me suis mis à courir. Mais plus je courais, plus ça courait derrière moi. J'entendais craquer les branches. Je me suis retourné deux ou trois fois, sans m'arrêter, comme de raison. Je voyais des espèces de lueurs qui dansaient dans le bois. Puis j'entendais comme le souffle de quelqu'un qui s'essoufle à force de courir. Pas besoin de vous dire que j'avais les talons aux fesses. En arrivant au village, il a cessé de me suivre.

— Mais comment avez-vous su que c'était le diable ? demanda Ramier d'une voix neutre.

Il ne voulait pas offusquer Félix Métivier en mettant en doute les propos d'un homme d'âge mûr sur ses convictions d'enfant.

— Le lendemain, expliqua Métivier, je suis allé me confesser, puis le soir d'ensuite, je suis retourné dans le bois. Personne ! La preuve que c'était le diable ! Si ç'avaient été des lutins ou bien des feux follets, je les aurais revus. Mais le diable, il pouvait pas s'attaquer à un petit gars qui avait la conscience blanche comme l'agneau.

— Je vois, fit Ramier.

— D'ailleurs, le diable, poursuivit Félix Métivier, les gars des chantiers le connaissent encore mieux que nous autres. Tout ça a commencé aux Forges. Faut vous dire que pendant cent ans, il y a eu une fonderie de fer à quelques milles au nord de Trois-

Rivières. Tous les poêles du Bas-Canada venaient des Forges de Saint-Maurice. Même que les premières coupes de bois qui ont été faites en Mauricie, c'était pour alimenter les fourneaux des Forges. A côté, il y avait le village. Dans le village, une auberge connue à une centaine de milles à la ronde. Ce qui se passait dans cette auberge était pas toujours très catholique. Les jeunesses s'arrêtaient là pour lâcher leur fou avant de monter aux chantiers. Même qu'ils dansaient à user le plancher, malgré l'interdiction formelle de Nos Seigneurs les Evêques. C'était un moindre mal, parce que danser, ça représentait juste un péché véniel. Mais les plus audacieux s'arrêtaient pas de danser à minuit le samedi soir. Comme de raison, rendu là, on était dimanche. Et danser le dimanche, c'était un péché mortel. C'est à cause de ça que le diable est apparu aux Forges. Il y avait une jeune fille qui était sortie dehors, je sais pas trop pourquoi. Elle rentre, blanche comme la mort. Elle arrête tout le monde de danser : « Venez voir. C'est effrayant. » Ils sortent, toute la gagne. La grande cheminée des Forges flambait rouge. C'était pourtant impossible, parce que le travail arrêtait à six heures le samedi soir. Puis ils entendirent sonner le gros marteau de la forge comme en plein jour. Pire encore, par la porte entrouverte, ils voyaient les flammèches qui revolaient autour du haut fourneau. Il y en a un qui a fini par dire tout haut ce que tout le monde pensait tout bas. « C'est le diable. » Pas besoin de vous dire qu'il a pas été question de recommencer à danser après ça.

Accroupi devant le feu, Ramier jouait avec ses doigts. Le récit de Félix Métivier lui rappelait les légendes de son enfance. Pour n'être pas en reste, il relança son interlocuteur.

— Chez nous aussi, le malheur s'abat sur ceux qui n'obéissent pas aux prescriptions du dimanche. A preuve, cette légende de la Chasse Gallery.

Félix Métivier sursauta.

— On parle d'un seigneur, poursuivit Ramier, il se nommait Gallery, cela se passait sans doute à l'époque où il y avait encore des Anglais en France. Celui-là préférait la chasse à la messe dominicale. Malgré les réprimandes du curé, le seigneur Gallery se livrait à sa passion chaque dimanche pendant le service divin, au grand scandale des paroissiens. Il vint à mourir et la malédiction s'abattit sur lui. Nombreux furent les chasseurs qui rapportèrent l'avoir vu errer au-dessus de la cime des arbres, à la tête de sa meute aboyante.

— Minute là, l'interrompit Félix Métivier. La chasse-galerie, c'est à nous autres. Mais c'est pas comme ça que ça s'est passé.

Ramier allait s'offusquer, mais Félix Métivier ne lui en laissa pas le temps.

— Ça se pratiquait encore quand j'étais jeune. Dans ce temps-là, les gars montaient dans le bois à l'automne et ils n'en redescendaient qu'au printemps. Les fêtes de Noël et du jour de l'an étaient un vrai supplice pour eux autres. Ils pensaient à leur femme et à leurs enfants qui étaient restés en bas. Ceux qui étaient pas mariés rêvaient de tenir leur blonde dans leurs bras. Il y en avait un plus fanfaron que les autres. Toujours est-il qu'il fait un pacte avec le diable. Puis le diable lui explique comment faire pour se rendre jusqu'aux vieilles paroisses du fleuve puis en revenir la même nuit. Le soir, à l'heure de se coucher, c'était la veille de Noël, notre homme parle de son affaire à quelques-uns de ses compagnons. « Ça te dirait-tu d'aller danser avec ta blonde à soir ? » Comme de raison, l'autre le prend pour un fou. Mais le gars qui avait fait le pacte avec le diable insiste. « Viens me trouver derrière le camp à minuit. Tu vas voir. » A minuit, ils étaient six gars derrière le camp. Celui qui les avait invités là se tenait au pied d'un grand canot qu'il avait installé sur la neige, avec les avirons et tout. « Embarquez là-dedans, les gars, qu'il leur dit. Mais attention. Pas de médailles, pas de scapulaires. Parce que celui qui va nous mener en bas aime pas ça. » Les gars font comme il avait dit, puis l'autre se met à la pince, en arrière, son aviron pointé dans le vide comme pour gouverner. « O grand Satan, roi des Enfers, conduis-nous ousque t'as promis de nous emmener. » Puis le canot s'élève dans les airs. « Avironnez ! », disait le gars qui les commandait. Plus les gars avironnaient dans le vide, plus le canot filait comme une flèche au-dessus de la tête des sapins. Ils sont arrivés comme ça jusqu'au-dessus du village des Forges. Là, ils ont été obligés de faire un détour pour pas que le canot aille se planter dans le clocher de l'église. Rendus au-dessus de Sainte-Anne-de-la-Pérade, d'où c'est que ces gars-là venaient, ils ont arrêté d'avironner puis le canot est descendu tranquillement. Il s'est posé sur la neige, juste à côté d'une maison ousque la fête battait son plein. Chacun a retrouvé sa chacune. Ils se sont embrassés puis ils ont dansé jusqu'aux petites heures du matin. Mais fallait penser à repartir avant que le jour se lève. Ils remontent dans le canot. Le gars, il recommence ses invocations à Satan. Le canot grouillait pas. « Il y a quelque chose, dit le gaillard qui les commandait. Fouillez-vous. » Ils fouillent dans leurs poches. Comme de fait, il y en a un qui avait une petite médaille de la Sainte Vierge que sa blonde avait glissée dans la poche de son capot. « Jette ça ! » Le gars jette sa médaille puis le canot remonte dans les airs. Encore une fois, ils frôlaient la tête des épinettes. Mais ce coup-là, le voyage était plus rude que la première fois. Les canoteurs étaient secoués comme dans la tempête. Il y en a un qui était moins brave que les autres. Il lâche un « Mon Dieu ». Le mot était pas sitôt dit que le canot pique du nez puis il s'écrase dans les arbres. Les gars avaient rien de cassé, mais ils ont été quitte pour faire le dernier bout de chemin à pied. Six milles qu'il restait. Quand ils sont arrivés au camp, le lendemain matin, personne a voulu croire à leur histoire. Personne.

— Moi, j'y crois, affirma Henri Ramier. Et voulez-vous savoir ce que prouve cette légende ?

Félix Métivier n'attendit pas longtemps la réponse.

— Eh bien ! enchaîna le peintre, la similitude de nos légendes montre que nous avons le même démon.

La forêt craquait de tous ses bruits de nuit. Les bêtes allaient à leurs occupations cruelles. La nature tendait un pont de mystère entre le jour de la veille et celui du lendemain.

— Puis les revenants, enchaîna Félix Métivier, vous en avez vous autres aussi des revenants ? Nous autres, ils sont rares ceux qui en ont pas rencontré. Moi-même, j'ai eu une « connaissance » de mon père après sa mort. On appelait ça des connaissances.

177

Avant la mort de quelqu'un, on lui demandait de venir nous faire signe, pour nous faire savoir qu'il était rendu à bon port de l'autre bord. Ma mère avait parlé de ça avec mon père avant qu'il meure. C'est moi qui a eu la connaissance du père. J'étais allé chercher du bois dans le petit hangar. C'était sur le printemps, il était presque vide. J'entre là-dedans avec ma chandelle. Je la pose sur une bûche. Je commence à prendre du bois dans mes bras puis j'entends soupirer. Je regarde autour. Personne. Il y avait un petit grenier au-dessus du hangar à bois. Je monte dans l'échelle sur le mur. Le grenier était vide. Quand j'étais en haut, ça soupirait en bas. Quand j'étais en bas, ça soupirait en haut. Pour vous dire que j'ai eu peur, non. Je savais que c'était le père qui était venu me donner une connaissance. Quand je suis revenu à la maison, j'ai dit ça à la mère. Elle était bien contente. Ça voulait dire que le père avait été admis au paradis.

— Mais vous n'avez jamais vu de revenant en chair et en os ? demanda Ramier comme s'il s'agissait de la chose la plus naturelle du monde.

— Pas moi, répondit Félix Métivier. Mais j'ai un oncle qui a reçu la visite d'un de ses voisins. Ça se passait au printemps, au temps des sucres. Vous savez comment ça marche, les sucres ? On ramasse la sève des érables. On fait bouillir ça dans un grand réservoir, un mètre de large, trois, quatre mètres de long. On appelle ça une panne. L'eau s'évapore. Ne reste que le sucré. Ça fait le meilleur sirop du bon Dieu. Mais c'est pas bien long, le temps des sucres. Il faut en profiter pendant que ça passe. On fait bouillir jour et nuit. Mon oncle Cléophas, il passait ses nuits tout seul dans sa cabane à sucre, dans son érablière, sur le bout de sa terre. Ça donne le temps à un homme de jongler. C'était dans le plus creux de la nuit. Mon oncle entend des pas dehors. Ça l'inquiétait. Il se disait : il y a peut-être quelqu'un de malade à la maison. La porte s'ouvre. Personne. La porte se referme. Mon oncle se retourne. Son voisin, Séraphin Duval, était assis sur le banc près de la panne. Ça lui a fait un choc, à mon oncle Cléophas, parce que Séraphin Duval était mort depuis un bon six mois. Toujours que mon oncle a pas fait ni une ni deux, il a déguerpi à la maison. Le lendemain soir, comme de raison, il voulait pas retourner à sa cabane à sucre. Ma tante le tourmentait. Ils étaient pas bien riches dans ce temps-là. Ils pouvaient pas se passer de la belle argent qu'ils ramassaient en vendant leur sirop d'érable. « Demandes-y ce qu'il veut », a dit la tante. Ça fait que mon oncle retourne à sa cabane à sucre. Comme de fait, vers les petites heures de la nuit, il entend encore des pas dehors. La porte s'ouvre. Personne. La porte se referme. Mon oncle se retourne. Séraphin Duval était assis sur le banc près de la panne. « Qu'est-ce que tu me veux ? » Là, Séraphin Duval a expliqué qu'il était au purgatoire, depuis le jour de son décès, à cause d'une négligence. Un an avant de mourir, il avait emprunté une pelle à son voisin d'en face, puis il avait toujours oublié de la lui rendre. C'était à cause de ça qu'il languissait au purgatoire. Le lendemain matin, mon oncle est allé porter la pelle ousqu'elle devait être. Il a plus jamais eu de nouvelles de Séraphin Duval. Le petit geste de mon oncle avait dû lui donner le coup de pouce qui lui manquait pour monter au paradis. C'est ma mère qui m'a raconté ça.

179

— L'homme affronte le mystère avec les armes qu'il a à sa disposition, fit observer Ramier. Cela me semble à la fois émouvant et naïf. Tout compte fait, c'est ce cheminement vers la solution du mystère que je tente d'exprimer dans mes tableaux. Et dans ces matières, l'homme du Canada est en tous points semblable à celui du vieux continent.

— La vie, enchaîna Félix Métivier, c'est un ensemble de petits signes.

Il se mit en frais d'évoquer les jalons des jours et des saisons, recouvrant par le fait même le cycle de la vie entière. Les rituels commençaient même avant la naissance. Ainsi, la femme enceinte devait éviter de rendre un dernier hommage aux morts, de danser, d'aller au cinéma, et surtout, de toucher son ventre sous l'emprise de la peur. En s'abandonnant à ce réflexe, elle exposait son enfant à naître avec une tache à l'endroit qu'elle avait touché, tache qui aurait la forme de ce qui l'avait effrayée. Vous imaginez ça ! Un enfant avec une tache en forme de rat sur le visage !

Par ailleurs, pour connaître le sexe de l'enfant qu'elle portait, la future mère enfilait une aiguille et, tenant le fil par les deux bouts, elle l'inclinait. Si l'aiguille glissait en tournant sur elle-même, l'enfant serait un garçon. Si l'aiguille battait de gauche à droite, il y aurait une fille de plus sur la terre.

Félix Métivier étant né un 8 avril, son anniversaire tombait le plus souvent en plein carême. On ne mangeait aucune viande du mercredi des Cendres jusqu'à Pâques. Encore moins des friandises. Sauf si l'anniversaire coïncidait miraculeusement avec la mi-carême, il n'était donc pas question de réjouissances particulières ce jour-là.

On se contentait de rappeler qu'il avait fait beau en cette occasion. C'était un dimanche. Impossible non plus de trouver dans la tradition un présage particulier à une naissance le dimanche. Naître un mercredi prédisposait au malheur. Le jeudi annonçait une vie heureuse. Le vendredi, le succès en affaires. Le samedi, une existence misérable. On ne semblait pas avoir prévu que des enfants puissent naître les autres jours de la semaine.

En revanche, avec les années, Félix en était venu à associer sa naissance à la résurrection du Christ. Le départ des cloches pour Rome, le Jeudi saint, le mettait dans tous ses émois. A leur retour, le samedi midi, les enfants chantaient :

Alleluia, l'carême s'en va, Alleluia
On mangera plus d'la soupe aux pois
On va manger du bouillon gras. Alleluia. Alleluia.

Le matin de Pâques, avant l'aube, Stanislas Métivier entraînait le petit Félix, ainsi que ses frères et sœurs, dans la colline qui dominait le village. Sous un vieux tronc moussu surgissait une source. Il ne fallait pas prononcer une seule parole avant d'avoir recueilli l'eau de Pâques, ce à quoi il fallait procéder à l'instant même où se levait le soleil.

On prêtait des vertus thérapeutiques à cette eau. Elle guérissait tous les maux, des yeux, de la peau, des oreilles, de la gorge, de la tête, des rhumatismes et des névralgies. On s'en servait pour faire le signe de la croix avant de se coucher. Elle avait les propriétés de l'eau bénite. Son aspersion garantissait la demeure contre la foudre.

Le jour de Pâques, on mangeait des œufs et du porc, tout particulièrement un jambon que le père s'était efforcé de fumer en cachette la semaine précédente. On vêtait les enfants de neuf. Les mères qui faisaient faire ses premiers pas à un enfant ce jour-là lui assuraient une vie de bonheur et de succès.

Les années de la petite enfance, celles qui s'étendaient de la naissance à l'âge scolaire, comportaient de nombreux rites et interdits. Si l'enfant se voyait dans un miroir avant l'âge d'un an, il devenait fou. Mettre en mouvement un berceau vide donnerait la colique à celui qui y dormirait. On procédait le plus tard possible à la première coupe de cheveux de l'enfant, car il emmagasinait de la sagesse dans sa tignasse. Quand il fallait s'y résoudre, on le faisait dans le croissant de la lune, ce qui assurait une repousse drue.

Couper les ongles d'un bébé avant l'âge d'un an lui vaudrait une destinée de voleur. Par ailleurs, il ne fallait surtout pas disposer inconsidérément des dents de lait que l'enfant perdait. Si un chien en avalait une, il poussait une dent de chien à l'enfant.

Pour arrêter un marmot de pleurer, on glissait une paire de ciseaux sous son oreiller. On fourrait des feuilles de fougère dans sa paillasse pour le rendre plus fort et vigoureux. Enfin, à l'époque de son premier anniversaire, l'enfant était invité à choisir le métier qu'il exercerait plus tard. On disposait divers objets devant lui. Celui qui prenait un marteau deviendrait charpentier. Celui qui posait la main sur un chapelet se consacrerait à la vie religieuse. Ainsi pour les balais, les crayons et les casseroles. Le père de Félix Métivier s'objecta à ce que cette coutume fût appliquée à son fils.

On se fiançait à Noël. Cela signifiait qu'on avait déjoué tous les pièges tendus par la vie devant les pas des jeunes gens et des jeunes filles. Le garçon qui s'asseyait sur une table risquait fort de rester vieux garçon. La fille qui prenait la dernière pièce dans un plat, bonbon ou gâteau, avait de la graine de vieille fille. Et si on balayait par inadvertance autour d'eux pendant qu'ils se berçaient, le jeune homme ou la jeune fille se levaient pour conjurer le mauvais sort. Les femmes, surtout, ne se résignaient pas à demeurer célibataires. On disait de celles qui l'étaient restées par volonté qu'elles étaient envoyées dans les limbes, après leur mort, pour bercer l'âme des enfants décédés avant leur baptême.

Mais il arrivait, la plupart du temps, qu'un heureux dénouement conclue les fréquentations. La jeune fille éternuait-elle ? Cela signifiait que son promis s'ennuyait d'elle. Un lacet détaché signalait que l'heureux élu était jaloux.

Mais attention aux présages. Si la jeune fille laisse tomber de l'eau sur le plancher en lavant la vaisselle, elle épousera un ivrogne. Si elle boutonne mal son manteau, c'est un veuf qui lui sera dévolu. Si trois lampes se trouvent allumées par hasard en même temps dans une pièce, cela indique à coup sûr que le mariage aura lieu dans l'année.

On se fiançait donc à Noël. Le père et la mère dressaient le sapin pendant la veillée. On avait envoyé les petits enfants se coucher. Personne n'ignorait qu'ils observaient la scène par toutes les ouvertures de la maison, grilles des planchers, portes entrebâillées et dernières marches de l'escalier. Mais jusqu'au milieu du siècle, soit jusqu'à ce que la société Coca-Cola eût mis à la mode le gros bonhomme vêtu de rouge qu'on connaîtrait sous le nom de Santa Claus, on ne distribuait qu'au premier de l'an les étrennes que saint Nicolas avait apportées.

Noël, c'était la messe de minuit. Pour ceux qui n'auraient pu s'y rendre, en raison du mauvais temps, par exemple, il était déconseillé d'aller à l'étable à cette heure-là. A l'occasion de la naissance de Jésus, les animaux se voyaient octroyer le privilège de parler. Un homme n'avait-il pas entendu le cheval dire au bœuf : « Demain, nous porterons notre maître en terre. » Comme de fait, le fermier mourut pendant la nuit. On laissait donc les animaux à leurs confidences, cette nuit-là. Au retour de la messe de minuit, les fiancés montraient la bague qu'ils avaient échangée au moment de l'élévation. Et on s'emplissait la panse de toutes les nourritures dont on s'était privé pendant l'Avent.

Quelques jours plus tard, la promise se présentait chez les parents de son futur époux pour demander à son beau-père éventuel sa première bénédiction. Le bonhomme essuyait une larme en mettant la main sur la tête de ses enfants. On se mariait au mois de mai.

C'est le mois de Marie
C'est le mois le plus beau.
A la Vierge chérie
Offrons un chant nouveau.

La veille de la cérémonie, qui se déroulait invariablement un samedi, la jeune fille accrochait son chapelet sur la corde à linge, ce qui garantissait du beau temps le lendemain. La promise entrait dans l'église au bras de son père. Si le fiancé se tournait pour la voir venir, il serait jaloux. Celui des deux qui dirait le « oui » le plus prononcé mènerait le ménage.

Au sortir de l'église, on lançait du riz à la tête des époux pour leur assurer une nombreuse descendance. Pendant le repas de noce, l'épousée jetait son bouquet, parfois sa jarretière, dans l'assistance. Seules les jeunes filles étaient autorisées à se précipiter pour les recueillir. Celle qui l'emportait se marierait dans l'année.

Pour ce qui était de la mort, elle apparaissait toujours plus odieuse en été. Un chien qui hurle, un oiseau qui se frappe à une vitre, voire même un simple parapluie ouvert dans la maison, présageaient le terme d'un des membres de la famille.

Les enfants avaient quitté l'école la veille du 24 juin. Ce jour-là, les Canadiens français vénéraient saint Jean-Baptiste, leur patron. Le défilé annuel attirait toute la population. Des chars allégoriques valorisaient la culture française : Nos chants populaires, Contes et légendes du Canada français, Hommage à la famille paysanne, Sa Majesté la langue française.

Mais voici que, par une chaude après-midi de juillet, on ramenait le père inanimé des champs où il s'était effondré. Coup de sang. On appelait le docteur qui ne savait que hausser les épaules et lever les yeux au ciel.

Le père trépassé, on arrêtait l'horloge. On mettait un crêpe noir à la porte, et le croque-mort venait faire sa besogne. Jusqu'au milieu du siècle, le corps était étendu sur des planches posées sur des tréteaux, au fond du salon. Il fallait veiller à ne pas mettre les pieds du mort en direction de la porte, car cela risquait d'entraîner une autre mortalité dans la famille au cours de l'année. Avoir un mort sur les planches le vendredi ou le dimanche était de mauvais augure. Mais comment conjurer le sort ?

En menant le défunt à l'église et ultimement au cimetière, personne ne se serait aventuré à compter les voitures du cortège, tant le risque était grand de se retrouver bientôt dans la position du premier. On payait des messes pour le repos de l'âme du trépassé et on se remettait à l'ouvrage avec encore plus d'ardeur. Un fils ou un gendre assumerait dorénavant les tâches du disparu.

Le vent s'était levé. La nuit grondait. Sous leur abri de branches, Félix Métivier et Henri Ramier se penchaient sur le feu. Félix Métivier venait de faire défiler le cycle de la vie et de la mort. Il pouvait être minuit. Ils n'avaient qu'un seul objectif, atteindre le matin sans inconvénient. Leur patience pour toute ressource.

— Faudrait bien qu'on essaye de dormir un peu, dit Félix Métivier. On va se coller le dos l'un contre l'autre. Comme ça on aura moins froid.

Henri Ramier s'allongea. Il lui était arrivé à quelques reprises de se trouver dans une situation aussi précaire. C'était à la guerre.

13.

Le lendemain en fin de matinée, Henri Ramier allait et venait parmi les bâtiments du Panier percé, persuadé qu'on se retournait sur son passage. L'abbé Tessier l'accompagnait. Le peintre n'en finissait plus de narrer son aventure.

Au petit matin, Félix Métivier et lui s'étaient éveillés devant un feu éteint. La rosée les transperçait. Ils s'étaient mis en marche, le ventre creux et la tête légère. Ramier avait toujours mal au côté. Ses chaussures avaient raidi en séchant. Il n'y avait pas de sentier dans le pan de forêt qu'ils traversaient.

Ils marchèrent deux heures. Ils avaient l'impression de n'avoir franchi qu'une bien faible distance. Ils étaient assis côte à côte, sur une souche, en bordure de la rivère. Il leur tardait, à tous deux, d'en finir avec cet incident qui dégénérait en contretemps. Un bruit régulier d'avirons dans l'eau les fit se dresser. Quelques instants plus tard, un canot surgissait d'une courbe de la rivière. Félix Métivier le héla.

C'était Tom Caribou, un autre de ces farfelus qui hantaient la forêt sans but précis. Félix Métivier et Henri Ramier montèrent dans son canot. Tom Caribou les remmena, en moins d'une demi-heure, au Panier percé. Ils n'en étaient donc pas si éloignés. Leur sauveteur refusa les sous que lui proposa Félix

Métivier pour le dédommager de son déplacement. Il se repaierait mille fois en racontant à tout venant qu'il avait sauvé la vie à Félix Métivier et à son invité, un Français de France. Sitôt de retour, et malgré la petite nuit qu'il avait connue, Félix Métivier se dirigea vers le grand bureau.

— Le café, on verra ça plus tard. Ce qui me presse le plus, c'est de retrouver mes lunettes de rechange, dans mon tiroir. Mais vous là, allez donc prendre une bouchée au réfectoire, puis couchez-vous.

Au réfectoire, Henri Ramier rencontra l'abbé Tessier qui lisait son bréviaire en fumant un cigare, seul à une longue table. Quand le peintre l'eut mis au fait des événements de la veille, insistant sur le dénuement dans lequel il se trouvait, ayant perdu à la fois sa pipe et son béret, l'abbé se leva, découvrant son propre béret qu'il avait posé sur le banc avant de s'asseoir. Il le prit et le tendit à Ramier.

— Je vous le donne, dit-il.

Ramier n'en revenait pas.

— Prenez-le, insista l'abbé. C'est un honneur pour moi. Vous le porterez en pensant que vous avez des amis au Canada. Et puis moi, ça me fera un petit velours.

Ramier mit son béret et dévora son petit déjeuner, crêpes au sirop d'érable, jambon, saucisses, pommes de terre et pain rôti. Café en abondance là-dessus. Quand ce fut terminé, l'abbé entraîna le naufragé au magasin de la compagnie où il se procura la pipe et le tabac qui lui faisaient tant défaut. Après avoir bouté le feu pour la première fois à sa bouffarde, le peintre insista auprès de l'abbé Tessier sur l'égalité de caractère dont faisait preuve Félix Métivier en toute circonstance.

— C'est comme une déformation professionnelle pour lui, expliqua l'abbé. S'il avait fallu qu'il s'énerve chaque fois qu'il a été obligé de déplacer une montagne, il serait mort bien des fois d'une crise cardiaque. Mais non ! Lui, on dirait que les défis, ça le stimule.

Et l'abbé se mit en frais de narrer à Henri Ramier les situations les plus difficiles dans lesquelles Félix Métivier s'était trouvé, le plus souvent à sa propre instigation. Ainsi, lors de la construction du barrage hydroélectrique du Rapide-Blanc. Un territoire aussi vaste que cinq ou six communes de France allait être inondé. Quelqu'un s'avisa, au dernier moment, qu'il y avait des milliers et des milliers de mètres cubes de bois à couper à cet endroit. On fit appel à Félix Métivier.

Comme d'habitude, ce dernier bouleversa les règles en usage. La crise économique sévissait. Les salaires, qui avaient frôlé les trente et trente-cinq dollars par mois, étaient tombés à vingt. Félix Métivier annonça que personne ne gagnerait moins de trente-cinq dollars par mois chez lui.

Les meilleurs hommes se mirent à sa disposition. Ils avaient du cœur au ventre, comme on dit. Ils entendaient en donner à leur patron pour son argent. Celui-ci leur réservait une surprise considérable.

— J'ai dit que personne gagnerait moins que trente-cinq piastres par mois, répéta-t-il, mais j'ai jamais parlé de maximum. Si un homme travaille pour cent piastres par mois, il va l'avoir son cent piastres.

Cent dollars par mois ! Ceux qui gagnaient cinq fois moins se savaient déjà privilégiés d'échapper aux filets de l'Assistance publique. Cent dollars par mois ! Tous les notaires n'en gagnaient pas autant.

Une fois de plus, Félix Métivier se trouva dans la situation de devoir choisir parmi les meilleurs. Cela ne l'embarrassait nullement. Il appliquait aux autres la rigueur qu'il pratiquait à son propre endroit. Deux puissants leviers soutenaient sa démarche.

D'abord, il ne faisait pas de sentiments avec les hommes. Il n'hésitait jamais à écarter quelqu'un. « Je veux bien croire qu'il a une femme et cinq enfants, mais il fait pas son ouvrage ! Dehors ! » Si on insistait, il renchérissait : « Je suis pas une organisation de charité. Je suis en affaires pour faire de l'argent. Pour ce qui est de la charité, je donne plus que ma part. Les bonnes sœurs sont là pour ça. Je vais pas leur dire comment mener leurs couvents. Je m'attends pas à ce qu'elles viennent me montrer comment mener mes affaires dans le bois. »

D'autre part, il mettait en pratique un principe d'intéressement des travailleurs aux profits de l'entreprise dont bien peu avaient entendu parler en ce temps-là et dont bien moins encore bénéficiaient. « Je suis dans le bois pour faire de l'argent. Pour ça, j'ai besoin des meilleurs hommes. Je calcule combien ça va me coûter. Combien je veux que ça me rapporte. Je fixe la barre de mes profits. Assez haut à part ça. Après ça, je dis à mes hommes : si vous êtes capables de me faire faire encore plus de profits, je suis prêt à partager le surplus avec vous autres. » Il était rare qu'il n'eût à reverser une part de profits excédentaires à ses hommes, tant était grand le dynamisme engendré par cette disposition.

Dans le cas du territoire du Rapide-Blanc, on coupa plus de bois que prévu et en moins de temps qu'on l'avait anticipé. En certaines circonstances, Félix Métivier remplissait même ses engagements avec tant de diligence qu'il mettait ses partenaires dans l'embarras.

La Shawinigan Water & Power construisait le barrage du Taureau sur la rivière Mattawin. Félix Métivier était chargé de déposer soixante millions de livres — vingt-sept millions de kilos — de matériel de toute nature, sur un parcours difficile de quatre-vingts milles, le long de la rivière. Ce contrat ne représentait qu'environ les deux tiers du volume du matériel à emporter à pied-d'œuvre. La Shawinigan Water & Power s'était réservé la part la plus facile. Au mieux, estimaient les dirigeants de la Shawinigan, les hommes de Félix Métivier procéderaient si efficacement que les deux tiers de la tâche qui leur étaient dévolue seraient accomplis dans le même temps qu'elle-même assumerait son tiers.

Mais Félix Métivier était offusqué qu'on ne lui eût pas confié l'exécution de l'ensemble de l'entreprise. Agacé que la Shawinigan se fût gardé la part la plus facile, il décida de donner une leçon à ces partenaires tatillons.

Il avait des amis partout, et notamment au Pacifique Canadien où son père avant lui avait entretenu des relations. Il obtint de la compagnie de chemin de fer qu'elle construisît, à ses frais, des voies d'évitement qui lui permettraient de charger simultanément seize camions. Peu de temps après, la Shawinigan

191

demandait à Félix Métivier de réduire le rythme de son activité. Ce dernier s'offusqua : « J'ai un contrat, je le remplis. » Et il ajouta malicieusement : « Si vous voulez, je peux vous débarrasser de tout cela en dix jours, à raison de cinq cent mille livres par jour. » On le prit au mot. Il ajouta une condition : « Je ne veux pas avoir affaire à vos ingénieurs ni à vos employés subalternes. » Une fois de plus, Félix Métivier tint son engagement.

Plus d'une fois, il éprouva un malin plaisir à prendre à rebours les dirigeants de la Shawinigan Water & Power. On allait élever le barrage hydroélectrique de La Trenche. Il s'agissait d'ouvrir les routes, de transporter du matériel et de construire des camps pour les mille trois cents hommes chargés du nettoyage des régions qui seraient submergées par le refoulement des eaux. La Shawinigan évaluait à dix-huit mois la durée de ces travaux. Félix Métivier se fâcha : « On ne gagne rien à laisser traîner des opérations. » Il remplit son contrat en sept mois.

Outre ses deux principes de base, choisir les meilleurs hommes et les intéresser aux excédents de profits, Félix Métivier avait un autre secret. S'agissait-il d'arracher à l'industrie de guerre les meilleurs éléments qui y trouvaient salaire assuré et conditions de travail avantageuses, Félix Métivier donnait des directives précises à ses contremaîtres. « Achetez des tentes neuves. Des couvertures et des matelas de bonne qualité. Je veux des couques de première classe. Je veux des légumes, des fruits, des pâtisseries sur la table. Deux ou trois services de viande à chaque repas. » Et les hommes quittaient les douillettes usines de guerre pour les chantiers de la Haute-Mauricie.

Vers 1939, le quotidien régional *Le Nouvelliste* mettait en relief de façon saisissante l'apport de Félix Métivier à l'économie forestière de la Mauricie, en comparant l'activité d'un seul homme à celle des quatre ou cinq multinationales qui œuvraient en Mauricie. « Environ huit mille hommes travailleront cet hiver à la coupe du bois dans les forêts de notre région. Les chantiers les plus considérables seront ceux de monsieur Félix Métivier, qui emploieront trois mille sept cents hommes. Les chantiers qui seront les deuxièmes en importance sont ceux de la Canadian International Paper. Ils emploieront de deux mille cinq cents à trois mille hommes. Parmi les autres coupes de bois importantes dans notre région, il y aura celle de la Brown Corporation à La Tuque. »

À lui seul, Félix Métivier assurait donc environ la moitié de l'exploitation forestière mauricienne. Personne n'insistait cependant pour signaler, comme il l'eût fallu, le mérite exceptionnel d'un Canadien français, le fils du marchand-général de Mékinac, qui s'était élevé au premier rang, devant les grandes corporations constituées de capitaux provenant de Montréal, Toronto, New York et Londres. Lui-même ne s'en vantait d'ailleurs pas. Les fanfaronnades ne lui disaient rien.

L'appât du gain ne constituait pas davantage le principal moteur de son activité. Félix Métivier avait déjà accumulé plus d'argent qu'il ne pourrait en dépenser, menant un train de grand seigneur, dût-il vivre jusqu'à cent ans. Ce qui l'incitait à continuer, c'était une passion peu commune, celle des esprits sans repos qui trouvaient leur satisfaction dans l'accomplissement de l'impossible. Cette conduite vouait un homme à la solitude et à l'incompréhension. Un coup d'éclat venait d'illustrer cette situation. Un homme s'approcha de Henri Ramier et de l'abbé Tessier qui déambulaient en bordure du campement. Il s'adressa à l'abbé.

— Le boss vous demande dans le grand bureau. Si vous voulez mon avis, traînez pas trop. Ça brasse là-dedans.

Ramier et l'abbé se regardèrent.

— Qu'est-ce que ça peut être ?

— Je sais pas. Il a peut-être perdu un gros contrat. Je sais pas. Pourtant, c'est pas son habitude de ramasser tout le monde, quand il a un coup dur. Je comprends pas.

— Je vais me coucher, dit Ramier. J'apprendrai bien assez tôt de quoi il s'agit.

Ils se séparèrent devant le grand bureau. L'abbé Tessier y entra. Le peintre poursuivit sa route en direction du camp de Félix Métivier. Il savourait sa pipe neuve. Le béret de Tessier lui tenait chaud. Il imaginait déjà la douceur des couvertures sous son menton. Il n'avait pas fait vingt pas que la voix de l'abbé éclata dans son dos.

— Il veut vous voir aussi.

Ramier ne jugea pas opportun de contester la volonté de son hôte. Il suivit l'abbé dans le grand bureau. C'était une vaste pièce percée de huit fenêtres. Une douzaine de pupitres y étaient disposés. Des classeurs de métal. Un gros coffre-fort. Une table à dessin dans un angle.

Ils étaient rassemblés autour de cette dernière. Un exemplaire du *Nouvelliste* s'étalait sur la table inclinée. Félix Métivier était penché dessus. Ses principaux lieutenants l'entouraient.

Son fils Jules le premier. Aussi grand que son père, mais plus rond de visage, Jules n'avait pas le tempérament audacieux du père. C'était un jeune homme posé, fort en chiffres et en réflexion. Dans les secteurs qui lui étaient assignés, il commandait avec fermeté mais sans éclat. Un excellent second. Deux autres hommes constituaient l'état-major de Félix Métivier.

Le premier, Arthur Desruisseaux, un homme de taille moyenne au visage renfrogné, grognait toujours comme un ours. Il était connu comme l'exécuteur des basses œuvres du patron. Ce dernier agissait parfois en conformité avec le précepte évangélique : que votre main droite ignore ce que fait la main gauche. Jamais rien d'illégal, certes non, mais l'occasion se présentait-elle de contourner un obstacle d'une façon peu orthodoxe, c'était Arthur Desruisseaux qui se chargeait de la besogne. Une complicité tacite le liait à Félix Métivier. Peu de paroles entre eux. Des regards de la part de Félix Métivier, ce à quoi Desruisseaux répondait par des grognements. Le mauvais larron, en somme.

L'autre larron, le bon, se nommait Richard Falardeau. Il exerçait la fonction de contrôleur. Un grand homme maigre. Son cou sortait d'un col trop évasé pour lui. Les dents gâtées. Une haleine épouvantable. Il compensait ces déficiences physiques par deux qualités : une égalité d'humeur sans pareille et une droiture inébranlable. Pas un cent qui n'entrait ou ne sortait de l'entreprise sans que Richard Falardeau n'en eût consigné la trace dans ses livres. Dans le cas des opérations acrobatiques exercées par Desruisseaux, ce dernier savait qu'il valait toujours mieux agir à l'insu du contrôleur. Ce qui donnait lieu à une suspicion réciproque entre les deux hommes.

Ce matin-là, le groupe se composait en outre du jeune homme au foulard de soie bleu tendre. Henri Ramier ne savait toujours que deux choses à son sujet : il se nommait Désilets et il était apparenté à la femme de Félix Métivier. Le peintre apprendrait bientôt que le jeune homme se destinait à la vocation religieuse et que, en ce printemps de 1939, il était monté au Panier percé pour réfléchir à la décision qu'il allait prendre. Il occupait une place parmi ceux qui se penchaient sur la première page du *Nouvelliste,* mais il n'ouvrirait pas la bouche de toute la séance qui allait s'ensuivre.

— Approchez ! ordonna Félix Métivier d'une voix qui n'était habituellement pas la sienne. Qu'est-ce que vous pensez de ça ?

L'abbé Tessier et Henri Ramier se frayèrent un passage vers la table pour lire la manchette du quotidien. LA MISERABLE EXISTENCE DES BUCHERONS EN PAYS MAURICIEN.

Dans un article virulent, le député Albéric Manseau dénonçait les conditions de vie imposées aux travailleurs de la forêt de sa circonscription.

— L'enfant de chienne ! proféra Félix Métivier.

Il n'avait pas l'habitude de tels écarts de langage.

— Il vient se faire du capital politique sur mon dos !

Henri Ramier se souvenait du voyage en Packard

effectué en compagnie d'Albéric Manseau. Il se remémorait son visage sec et anguleux. Albéric Manseau était de petite taille. Il avait des cheveux poivre et sel soigneusement rejetés en arrière. Il fumait des cigarettes qui lui jaunissaient la moustache et les doigts. Et surtout, il ne se départissait jamais d'une assurance qui frôlait par moments l'arrogance. Pendant plus d'une semaine, il avait erré au Panier percé, sous le prétexte de se reposer. Il était reparti en annonçant qu'il allait régler des affaires urgentes à son bureau d'Ottawa. Et maintenant, on retrouvait ses méfaits en première page du *Nouvelliste*.

— Batêche! s'exclama l'abbé Tessier, c'est rien qu'un tissu de mensonges cette affaire-là! Je vois rien qu'une chose à faire. Lui répondre sur le même ton.

— C'est bien mon intention! renchérit Félix Métivier.

Il se tourna vers son contrôleur.

— Trouve-toi de quoi écrire, Richard.

Il étendit son interpellation à tous ceux du groupe.

— Vous autres, écoutez ce que je vais dire. Si j'en oublie, ou si je dis un mot de trop, arrêtez-moi.

Félix Métivier soupira, les deux mains posées à plat sur la table à dessin, penché sur l'article incriminant.

— T'es prêt, Richard? Ecris ça. J'ai lu, avec un extrême intérêt, la déclaration de monsieur Albéric Manseau, député fédéral de Saint-Maurice-Laflèche, sur la misérable existence des bûcherons en pays mauricien. Je me contenterai de parler pour moi-même et de faire certaines mises au point personnelles, laissant aux autres le soin de se défendre s'ils le jugent à propos.

Cette introduction avait mis Félix Métivier dans

un état d'excitation encore plus considérable, si c'était possible. Il poursuivit.

— Le premier fait que je veux rétablir se rapporte à la moyenne des salaires payés. Albéric Manseau déclare : « A ma grande surprise, je découvre que la moyenne des salaires payés aux bûcherons ne dépasse pas trente-sept dollars et cinquante par mois. » Pour ma part, je peux garantir que c'est loin d'être exact. Pour l'année 1935, alors qu'un salaire minimum de trente dollars était exigé par la loi, mes bûcherons ont retiré, en moyenne, un salaire de plus de quarante et une piastres par mois.

— Avec ça, il va prendre son trou, commenta l'abbé Tessier.

— Attendez, c'est pas fini, poursuivit Félix Métivier. Continue d'écrire, Richard. Monsieur Albéric Manseau étudie ensuite l'aspect hygiénique des camps de bûcherons et le déclare absolument insuffisant. Je ne suis pas du tout du même avis. La loi demande peut-être que les camps soient trop éclairés. Si l'on perce trop de fenêtres dans les camps, on exposera les bûcherons à se faire un lit qui aura la tête ou le pied vis-à-vis d'une fenêtre. C'est ça qui est malsain. On comprendra facilement que l'homme des bois n'a pas les mêmes besoins que celui de la ville. Pour l'hygiène en général, je crois qu'il est injuste de faire des comparaisons avec 1930. Un camp où l'on logeait, autrefois, une centaine de bûcherons, n'en abrite plus qu'une cinquantaine.

— Tu devrais demander au docteur Ricard, de Grand-Mère, de témoigner, suggéra Arthur Desruisseaux.

— En temps et lieu, trancha Félix Métivier.

Continue, Richard. M. Albéric Manseau dénonce ensuite les abus criants, les profits exagérés réalisés sur les marchandises que les bûcherons sont tenus d'acheter au magasin, appelé communément la vanne. Pour ma part, je me fais fort de prouver que les articles de consommation ordinaire et les vêtements sont vendus à mon magasin à des prix défiant toute compétition. Dans certains cas, je crois qu'ils sont plus bas que ceux qu'on paie dans les magasins des Trois-Rivières et des autres villes de la région. Le seul cas où il est nécessaire de hausser les prix, c'est au sujet des marchandises pesantes dont le transport nécessite des dépenses assez considérables. Mais si les bûcherons n'étaient pas satisfaits ou se croyaient exploités, ils pourraient facilement se procurer, dans les villes ou villages de la vallée du Saint-Maurice, les choses dont ils auraient besoin.

— Il va dire que le gouvernement a relâché sa surveillance, fit observer Arthur Desruisseaux.

— Justement, enchaîna Félix Métivier. Ecris, Richard. Si le gouvernement a relâché sa surveillance, comme le fera sans doute remarquer M. Albéric Manseau, je puis l'assurer que les entrepreneurs se font un point d'honneur d'être honnêtes, même sans surveillance. Monsieur Albéric Manseau parle aussi longuement des contrats d'engagement. Il prétend que plusieurs bûcherons sont engagés à moins de trente-six dollars par mois. Je puis lui déclarer, pour ma part, que mes bûcherons reçoivent tous un salaire variant entre quarante et soixante-quinze dollars. S'il s'en trouve qui gagnent moins que trente-six dollars, il ne peut être question de bûcherons. C'est peut-être le cas pour quelques jeunes ou vieillards gardés par charité, occupés surtout à l'entretien des camps.

Richard Falardeau leva la tête. Le poignet lui brûlait d'écrire à la vitesse de la pensée de son patron. Ce dernier ne sembla pas remarquer le regard suppliant de son contrôleur qui se remit à écrire sans protester.

— Monsieur Albéric Manseau parle aussi de l'injustice que représente la perte du bois, pour le bûcheron, dans le mesurage. Je puis dire qu'il y a eu une amélioration considérable dans le mesurage du bois. Pour ce qui est de mes chantiers, auxquels je me suis restreint jusqu'ici, je puis dire que les petits contracteurs sont satisfaits de la situation actuelle. Je n'ai pas reçu la moindre plainte d'eux, ni d'aucun des bûcherons.

— Fesse dans le tas ! s'exclama Arthur Desruisseaux.

— Vous allez voir, continua Félix Métivier, comment je vas lui retourner ça. Ecris, Richard. Je n'irai pas prétendre qu'il soit impossible d'améliorer encore la situation. Je suis de ceux qui désirent le plus vivement apporter les améliorations nécessaires. Monsieur Albéric Manseau veut faire de la question des salaires des bûcherons une question strictement provinciale. A mon point de vue, c'est un problème fédéral. Il ne faut pas oublier que nous vivons voisins de la province d'Ontario, où il se paie encore, dans bien des chantiers, des salaires de trente dollars par mois. Je me permets donc de suggérer à M. Albéric Manseau de consacrer ses énergies à obtenir du Parlement du Canada, où il siège, la tenue d'une conférence interprovinciale où l'on pourrait s'entendre sur un salaire minimum pour les bûcherons dans tout le Canada. Ce serait, à mon point de vue, la démarche la plus efficace pour obtenir au bûcheron canadien le salaire auquel il a droit.

— Ça monsieur, s'exclama Arthur Desruisseaux, ça va lui donner son coup de mort !

Richard Falardeau profita de l'interruption pour secouer son poignet endolori. Il ne quitta cependant pas son patron des yeux, attendant la suite.

— Tu peux lâcher ton crayon, Richard. C'est assez pour aujourd'hui. Tu vas me copier ça sur le typewriter, puis je vas aller le porter moi-même au *Nouvelliste*. Je veux que ça paraisse demain, en première page.

Ils sortirent silencieusement du grand bureau. Ils avaient été appelés en consultation, mais Félix Métivier ne leur avait pas demandé leur avis. Il s'était contenté de les prendre à témoin de la véracité de ses dires. Et d'ailleurs, aucun d'eux n'aurait su aller plus loin que Félix Métivier lui-même. En marchant vers le réfectoire, Henri Ramier s'ouvrit de ses réflexions à l'abbé Tessier.

— Je ne comprends pas comment il fait !

— Batêche ! répondit l'ecclésiastique, vous le connaissez pas encore. Pour lui, Albéric Manseau, c'est un petit chien qui jappe à ses pieds. Des attaques de même, ça lui en prend pour se tenir en forme. C'est comme un boxeur, il faut qu'il pratique de temps en temps. Il faut que l'autre gars qui pratique avec lui lui donne des vrais coups pour qu'il soit prêt à en donner à son tour, quand ce sera le temps.

— Je n'aimerais pas vivre de cette façon, soupira Ramier.

Au réfectoire, la rumeur circulait que le député Albéric Manseau serait contraint de démissionner le lendemain, sous la pression de Félix Métivier. Epuisé, Henri Ramier avala une soupe et s'en fut à son camp, réparer la rude nuit qu'il avait connue la veille.

Quand il s'éveilla, Félix Métivier venait d'entrer. Il pouvait être neuf heures du soir. Félix Métivier avait allumé la lampe de la salle et s'était assis, les coudes sur le bois de la table, le visage dans les mains. Henri Ramier s'approcha discrètement.

— Je regrette ce qui s'est passé, dit-il. Je le regrette sincèrement pour vous.

— Badrez-vous pas avec ça, répondit Félix Métivier.

— Comment faites-vous ? insista le peintre. Moi, je ne pourrais pas recevoir des coups non mérités. Je pense à votre femme. A votre fils. A vos deux autres enfants que je n'ai pas encore rencontrés. Ces attaques injustes doivent les blesser.

— Si ça vous fait rien, on parlera de ça un autre tantôt, dit sèchement Félix Métivier.

Il se leva et se dirigea vers sa chambre où il s'allongea, tout habillé, sur le couvre-pied du lit.

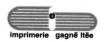

imprimerie gagné ltée

IMPRIMÉ AU CANADA